長編小説

おためし村の誘女たち

霧原一輝

竹書房文庫

目次

※この作品は竹書房文庫のために
書き下ろされたものです。

第一章　山村美女のおもてなし

1

「最初のうちは落ち着かないと思いますが、大丈夫ですからね。ここは生活するにも便利な場所にありますし、のんびりとした田舎《いなか》暮らしをしながら、移住への不安をひとつずつ解消していきましょうね……」

内田清香《うちださやか》がリフォームされた古民家を案内しながら、耕一郎《こういちろう》に向かって、微笑みかける。

お試し移住の窓口になり、いろいろと世話を焼いてくれているのが内田清香だ。清い香と書いて、「さやか」と読む。

静岡県伊豆地方にあるS村の地域振興課の職員で、二十九歳の独身。

まさに清香という名前のとおり、清らかで爽やかな雰囲気にあふれている。

中肉中背で、すっきりとまとまった小顔に柔らかそうなウエーブヘアがふわりとかかり、その髪がブラウスの肩に行儀良く散っている。

控え目で、決して出しゃばらないが、自分の意見はしっかりと持っているようで、そのへんが信頼できる。それに、きめ細かい肌は抜けるように白く、健康的な色に肌が焼けている場合が多い地元の女性とは明らかに違っていた。

「馴染めればいいんですがね……」

「大丈夫ですよ。高柳《たかやなぎ》さんなら、きっとこの村に馴染んでいただけます……でも、ひとつだけ心配が……」

清香がアーモンド形のぱっちりとした目を向けた。

「食事なんですが……この村は、スーパーもあって、食材や日用品を手に入れるには困りません。ただ……食堂がないんです。以前はあったんですが、潰れてしまって……ですから、食事は基本的にご自分で作っていただくことになりますが、大丈夫ですか？」

清香は濃紺のいかにも役場勤めというシンプルなスーツを着ているが、ブラウスをこんもりと持ちあげた胸は立派で、白い生地が今にも張ちきれそうだ。

耕一郎はついつい吸い寄せられそうになる視線をあげて、言う。

「一応、自炊するつもりですけど……三年前に妻を亡くしてからはほとんど外食か、レトルト食品をチンするだけだったので……そのへんが心配ですが」

「確かに、それはちょっと心配ですね」

清香がかわいく眉をひそめる。

「だけど、一応自炊してみます。それでダメだったら、この村には『家政婦制度』があって、家政婦さんが食事も作ってくれると……」

「はい。確かにあります。無理だと思ったら、頼んでみてください。でも、お金がかかるので、なるべくご自分でなさったほうが……」

清香が心の底から自分を心配していることが、ひしひしと伝わってきた。

「そうですね。頑張って自炊してみます」

「では、まず食料品の買い入れのためのお店をご案内いたしますね。このへんは、地野菜も山菜も牡丹《ぼたん》肉も、海の幸もほんとうに美味《おい》しいです」

「そのようですね。でも、そこまでしていただいて申し訳ないです」

「いえ……村は移住を本格的に推奨していますから、できる限り、力になるようにと上から言われています……わたしは自転車ですし、高柳さんがご自分で運転なさったほうがいいですね。道も覚えますし」

「……女性を乗せるなんてほんとひさしぶりですよ。事故らないようにしないと」

「このへんは交通量が少ないですし、事故もほとんどありませんから大丈夫ですよ。では、さっそく行きましょうか？」

耕一郎は嬉々として、東京から乗ってきた小型４ＷＤの助手席に清香を乗せて、農協の市場やスーパーに向かう。

『お試し移住』――その村に移住を決める前に、実際に住んでみて、果たして自分がそこに今後も移住して、第二の人生を過ごすことができるかどうかを判断するための制度である。

耕一郎がしばらくお世話になる家は、築百年の古民家を村が借りあげてリフォームしたものだ。ふんだんに木材を使った平屋で、それほど広くはないが、お試し期間中は一日一人当たり千五百円で使用できるのだから、文句は言えない。

耕一郎は三十日の契約をしていて、その間に、この村に移住するかどうかを決めるつもりだった。

移住が決まれば、このへんの空家を購入して、住むことになる。

都会と田舎では、家の値段が全然違う。

たとえば、都会で四千万円はしそうな家がここではその十分の一の価格で購入できる。リフォームして自分好みの家に改築するのも、愉《たの》しみのひとつだ。

「高柳さんは、大きな会社に勤められていらしたから、継続雇用の要請もあったんじゃないですか？」

助手席の清香がちらりと耕一郎を見た。

涼しげな表情に見とれつつも、しっかりとハンドルを握って答える。

「そうですね、ありました……でも、もう会社はいいかなって……田舎でのんびりと第二の人生を送りたい気分です」

高柳耕一郎は現在、六十一歳。長年勤めていた繊維関係の商社に、六十五歳までの継続雇用を勧められた。

しかし、熾烈《しれつ》な商社マン生活に疲れ果てていた。

長年連れ添った妻を三年前に癌で亡くし、ひとり息子もすでに自立していて、無理をして働く理由はなかった。

それに、田舎でのんびりした第二の人生を送るのが夢だった。このS村のある中伊豆は妻も気に入っていて、ほんとうは妻と二人で移住したかった。

だが、妻は鬼籍に入ってしまい、今は男ヤモメである。

問題は見ず知らずの土地で、ひとり暮らしに耐えられるかどうかだが、それを確かめるためにもこのお試し移住は必要だった。

「そういうことでしたら、ここでのんびりなさってください。スローライフもいいですよ」

「そうですね。あんまり、土いじりは得意ではないんで、そのへんが心配なんですが……」

「農業は教えてもらえれば、どなたでもできます。作物が育っていくのを見るのは愉しいですよ」

「確かに……家の庭でプチトマトを育てたことがあるんですが、赤い実がなるのが愉しみでしたね」

「それだったら、絶対に大丈夫です」

清香がにこっとする。

そのやさしげな笑顔に癒《いや》され、スカートからのぞくパンティストッキングに包まれた太腿《ふともも》に男心をくすぐられてしまう。

(おいおい、何を考えているんだ。相手は役場の職員なんだぞ。妙な下心を持つんじゃない!)

耕一郎は自分を叱責する。

二人は農協の店とスーパーで食料品や足らない日用品を買い込んで、帰路につく。女性との買物はほんとうにひさしぶりだった。それに、清香が「この店はお肉が美味しいんです」などと教えてくれるので、初めての店という違和感もなく、とてもリラックスして買物ができた。

家で、清香とともに食品を冷蔵庫にしまう。ここは体験入居者用の家なので、冷蔵庫も布団もほとんど揃っていて、自宅から家具を持ってくる必要がないから、便利だった。

食料をしまい終えた頃には日が沈みかけていて、役場もそろそろ終わる時間だった。役場の職員である清香も、そろそろ帰るんだろうなと別れを惜しく感じたそのとき、彼女がまさかのことを言った。

「今日はお疲れでしょう。キッチンの使い方の説明もかねて、お料理を作らせてください」

「いや、そこまでしてもらっては……まだ、ここに住むと決めたわけではないしね」

耕一郎はうれしさを押し隠して、一応、辞退のかまえを見せる。

「体験移住の初日ってすごく大切だと思うんです。それで、この村の第一印象が決まるわけですし……高柳さんに、いい初日を迎えていただきたいんです。それに、牡丹鍋ですから、そんなに手間もかかりませんし……」

「いいですね。イノシシの肉は好物ですよ」

「お疲れでしょうし、炬燵《こたつ》に入って休みながら、わたしがキッチンを使う様子を見ていてください。すぐに用意しますから」

そう言って、清香は持ってきたエプロンをつけ、キッチンの前に立って、鍋の用意をはじめた。

中伊豆の山間にあるこの家は、古民家を改装したこともあるのか、三月になっても、夜には炬燵を作っていた。掘り炬燵式で、テーブル代わりにしているのだろう。

キッチンは広いが、どこか閑散とした印象は拭えない。

だが、清香がそこにいるというだけで、雰囲気が一変した。

ブラウスの上に花柄の胸当てエプロンを着け、髪を後ろで引詰めにした清香が野菜を洗い、包丁で刻み、さっきスーパーで買ったイノシシの肉を用意する。その後ろ姿を見ていると、心が弾《はず》んだ。

居間の炬燵からは、キッチンがよく見える。

花柄のエプロンの横から、白いブラウスを持ちあげたたわわな胸のふくらみが見える。横乳と言うやつだ。

（オッパイがデカいな。どちらかというとスレンダーなのに……後ろから抱きしめて、オッパイを……！）

ついつい夢想してしまう。炬燵のなかで、イチモツがわずかだが頭を擡《もた》げる気配がある。

今の六十一歳は昔と違って、性的にもまだまだ現役と言っていい。しかし、耕一郎のそこは最近元気がなかった。

（それなのに、これは……？）

やはり、内田清香という女性に人格的なものだけではなく、性的な魅力も感じてしまっているのだろうか？

この山村に来て、都会でのストレスから解放されて、下半身も途端に元気になったということも考えられる。

（いずれにしても、いい兆候だ。これで、精力がつくと言われるイノシシ肉の鍋を食べたら……）

炬燵で温まりながら、うっとりと清香のヒップに見とれていると、

「できましたよ」

清香が鍋を運んできた。

地元で採れた野菜とともに、牡丹の花のようなイノシシの肉がぐつぐつと煮え立っている。

「清香さんもどうぞ、一緒に」

「でも……」

「こんな豪華な鍋なのに、自分だけ食べるのはね。あなたが食べてくれないと、私も食べられない」

「そうですか……では、お言葉に甘えて。そうだ、地酒も呑まれますよね？」

「せっかくだから」

清香がさっき購入した地元の銘酒を持ってきて、耕一郎のコップに注ぐ。

勧めてみたが、清香は移住希望者の家ではお酒は呑めないと言う。

仕方がないので、耕一郎はお酒を呑みながら、牡丹鍋を突く。

美味しい。

イノシシの肉は豚に似ているが、コクがある。地元の野菜も甘くて、肉とのバランスが絶妙だ。

清香は自分も食べながら、野菜や肉を取り皿に取ってくれる。

耕一郎はひさしぶりに、心身ともにリラックスしていた。だいたい女性と二人で鍋を囲むなど、ここ数年なかった。会社では課長をしていたが、上司と部下の板挟みにあって、気が休むときがなかった。

地酒も五臓六腑《ごぞうろっぷ》に染み渡り、心地よく酔いがまわってきた。そうなると、清香のことをもっと知りたくなってしまう。

「あの……清香さんは、色が白くて、地元の女性じゃないような気がするんだけど……ご出身はどこですか？」

「じつは、東京の下町生まれなんですよ」

「ああ、やっぱり……じゃあ、いつここに？」

「三年前です。じつはわたしも移住組なんですよ。経験があるから、移住者の気持ちがわかるだろうって、この係になりました」

「なるほど。それまでは？」

「東京で働いていました。いろいろとあって、地方に住みたくなって、ここに……ちょうど役場でも人材を求めていて、そういう意味では運が良かったんです」

清香が箸《はし》を止めて、答える。

酒は呑んでいないのだが、温かい鍋を食べているせいか、色白の繊細な顔が仄《ほの》かに桜色に染まり、妙に色っぽい。

それに、同じ移住組だと知って、耕一郎はますます清香に興味を引かれた。同時に、そのいろいろあったという内容を訊《き》きたくなった。

「何かおありになったんですか？　東京がいやになるようなことが？」

「……いえ、それは……」

清香が言葉を濁した。

何かあったには違いないが、それはまだ耕一郎のような者には言いたくないのだろう。当然と言えば、当然だ。

「すみません。要らぬ詮索をしてしまいました。私の悪いクセなんですよ。許してください」

「いえ、いいんです……何かを匂わせるようなことを言ったわたしがいけないんです。どうぞ」

清香が地酒を勧めてくるので、耕一郎はコップで酌を受ける。

酔いがまわって、口が軽くなった。三年前に妻を癌で亡くし、息子も自立していて、さびしい男ヤモメの生活を送ってきたことを、自虐的に話した。すると清香は、

「……お寂しかったですね」

と、親身になって寄り添ってくれる。

白いブラウスを持ちあげた胸は今にも張ち切れんばかりにたわわで、よく見るとブラジャーのレース模様や、肩紐が縦に走っているのが透けて見える。

清香が肉や野菜を食べるその口許《もと》がやけに気になって、ついつい見とれてしまう。

しばらくすると、酔いが完全にまわってきて、今日一日の疲れも出てきたのか、無性に眠くなってきた。

清香が席を立った隙に、少しだけ横になろうと仰臥《ぎょうが》したら、ついうとうとしてしまった。

どのくらいの時間が経過したのか、人の気配で薄目を開ける。

目の前に清香の顔があった。

すでに髪は解いていて、ウエーブヘアが顔の脇に枝垂《しだ》れ落ちている。ブラウスに包まれた大きな胸のふくらみ、耕一郎を見ているその慈《いつく》しむような目……。

ふっくらした赤い唇が動いた。

「大丈夫ですか？」

「ああ、はい……眠ってしまったようですね」

耕一郎は上体を起こす。

「炬燵で寝てしまうと、体に良くないです。お眠りになるなら、ちゃんと布団で休まれたほうが……そちらの部屋に布団を敷いておきましたので」

「すみません、そんなことまで……」

「いいんですよ」

清香が持ってきてくれたコップの水を飲んだ。

それから、寝室に行くと、清香がさっきタンスにしまったパジャマを出してきて、着替えを手伝ってくれる。

清香がパジャマの上着を持ってくれているので、耕一郎は片方ずつ腕を通す。女房でもここまでしてくれなかった。

(すごいな、清香さんは……もちろん、移住してもらいたいからだろうが、それにしても……!)

これほど人に親切にしてもらったのは、いつ以来だろう。

胸がジーンとしてきた。

清香はさすがにパジャマのズボンを穿かせてはくれなかったが、これだけで充分だった。

「明日は近くの農家の方をご紹介する予定なんですが、大丈夫ですか？　お疲れなら、ずらしますよ」

「ああ、大丈夫ですよ。予定通り、進めてください……あなたも一緒に行ってくれるんだよね？」

この村で、頼ることができるのは、今のところ、彼女しかいない。

「もちろん、ご一緒しますので、ご安心ください……では、お休みなさい」

清香が和室を出て、襖《ふすま》を閉めた。

2

翌日、清香に案内されて、一軒の農家を訪ねた。

農家と言っても、夫の小菅猛《こすがたけし》は熱海の旅館で料理番をやっていて、主に農業をするのは、妻の由佑子《ゆうこ》なのだと言う。

夫は精悍《せいかん》な感じの料理人で、いかにも女にもてそうだった。四十歳で、旅館の料理長をしていて、ここから車で約一時間の熱海まで通っている。

挨拶を済ますと、猛は、

「わからないことがあったら、何でも由佑子に訊いてください。こう見えても、由佑子はこの村で生まれ育っているので、だいたいのことはわかります。では、私はそろそろ出なければいけないので……」

そう丁寧に言って、車に乗って家を出ていった。

由佑子は三十六歳で、逢ったときからモンペを穿いて、頭にバンダナを巻いていた。モンペというと、農家のオバサンというイメージがあるが、由佑子は違った。

おっとりとしてやさしげな顔で、やや大柄でむちむちとした体つきのせいか、そのモンペ姿は言いようのない肉感的な雰囲気を滲ませていた。

農業をしていながら、どこか男好きのする女に逢うのは初めてだった。

由佑子はそれでいて、村の婦人会で中心的役割を担っており、外部からの移住者受け入れにも積極的で、こうやって移住者に農業の手ほどきをしているらしいのだ。

清香とも親しいようで、二人は信頼しあっているようだった。清香が耕一郎を紹介したとき、

「何でも教えますから、訊いてください」

と、由佑子はにこっと言ってくれたので、耕一郎の農業に対して抱いていた不安感が少し消えた。

こんな魅力的な女性に手取り足取りで教えてもらえれば、土いじりだって愉しくなるに違いないのだ。

「農業はお嫌いですか？」

そう由佑子に訊かれて、ついつい、

「いえ……最低限、自分で食べられるくらいの野菜は作りたいと思っています」

と答えてしまった。

「それはいいですね。このへんは土地があまっていますからね。自分の手がけた作物が育っていくのを見るのは、すごくわくわくするんですよ。うちの畑を見られますか？」

勧められて、清香と二人で後をついていった。

すぐそばの畑に小松菜や白菜、春キャベツやニンジンなどが育っていて、それを由佑子がしゃがんで収穫する。

こちらを向いた、モンペに包まれた尻が丸々として立派で、耕一郎は見とれてしまった。

「やってみますか」

誘われて、ニンジンを土から抜いた。

そのとき、正面に由佑子がしゃがんでいたので、ひろがったモンペの奥がとても気になった。さらには、前屈みになったときに、薄いニットの襟《えり》元から、たわわな乳房の谷間がのぞいて、耕一郎はドキッとする。

逢ったときから、オッパイが大きいなと思ってはいたのだか、ノーブラじゃないかと思うような丸々としたふくらみを見てしまい、

(そう言えば、このへんの女性はみんな胸が立派だな)

と、バカなことを考えてしまった。

いずれにしろ、農家の女性に発情を覚えたのはこれが初めてで、耕一郎自身も大いに戸惑った。

収穫したニンジンを抱えて、小菅家に戻る。由佑子が春キャベツを千切って、出してくれた。

自家製の味噌をつけて食べると、これが想像以上に美味しくて、耕一郎はまたここに来たいと思った。

その夜、耕一郎はこの村にあるたったひとつのスナック『叶子《かなこ》』へ行った。

民家の一階にあるカラオケのできる小さな店だが、カウンターのなかには和服の似

合う叶子ママがいて、数人の客の相手をしていた。

来ている客は地元の男らしかった。

耕一郎は余所者《よそもの》として無視されるのではないか、という不安を抱えていた。だが、意外にも耕一郎は歓迎された。

体験移住をはじめたばかりだという話をすると、

「あら、そうなの？　じゃあ、うちの常連さんになる可能性もあるってことね。今夜はサービスするから、じゃんじゃん呑んで」

叶子が艶《あで》やかに微笑《しと》んで、ビールを注《つ》いでくれる。

化粧は濃いが、淑やかな顔つきで、黒髪を後ろで結いあげていた。形のいい耳に見とれた。その前に垂れた鬢《びん》と、あらわになったうなじが色っぽい。

年齢は四十手前ぐらいだろうか。容姿や物腰、しゃべり方など、田舎のスナックのママにしておくのは勿体《もったい》ないようないい女だ。

耕一郎が東京のT商事に勤めていて、以前には銀座や六本木のクラブにも行ったことがあると昔話をすると、

「あらっ……じつはわたしも銀座のクラブに勤めていたのよ」

叶子の表情が輝いた。

常磐《ときわ》叶子はこの村で生まれ、静岡の大学に通い、東京の会社に就職した。その会社を辞めて進路に迷っているときに、その美貌を買われて、クラブにスカウトされた。しばらく東京のクラブで働き、チーママを任されるまでになったという。

だが、彼女を指名していたITベンチャー会社の若い社長が破産して、その莫大なツケ金を叶子が払うことになった。私財を投げ打ってツケは払い終えたものの、バカらしくなって、夜の商売を辞めて故郷であるこの村に帰ってきた。

しばらくして、かつての店の常連客だった会社の会長に、故郷に店を持たせてやると言われて、ここに小さなスナックを開いたとのことだった。

今年、八十歳になった会長は今も健在で、東京で暮らしているのだという。

「波瀾万丈の人生でしたね……IT社長に逃げられていなかったら、また違う人生になったかもしれないですね」

耕一郎が言うと、叶子は静かにうなずき、

「今頃、銀座のクラブの一軒や二軒は持てていたかもしれないわね。でも、所詮、わたしはそれだけの器《うつわ》だったということよ」

後悔を振り切るように、ウイスキーをストレートで呷《あお》った。それから、

「高柳さんのために、カンパイしましょ。ここの住人になってくれることを祈願して

……カンパイ！」

叶子が音頭を取って、五人の客が乾杯をする。

それから、叶子が「今夜はお金を取らないから、じゃんじゃん呑んで」と宣言したこともあって、場は大いに盛りあがった。

耕一郎も乗せられるままにカラオケをして、今日逢ったばかりの地元の男たちと肩を組んで歌い、親交を深めた。

移住して農家をやっているという中年男は、

「この村はいいぞ。男の天国だ。あんたも移ってきたらいい」

と、酒臭い息を吐きながら言う。

「男の天国と言いますと……」

「そのうちわかるさ」

日に焼けた顔で笑い、耕一郎の肩を叩いた。

そうこうしているうちに、客がひとりまたひとりといなくなり、耕一郎も酔っ払い、この二日間の疲れが出たのか、気づいたときにはカウンターに突っ伏して、いびきをかいていた。

3

（いい香りがするな。これは女の部屋に入ったときの……）

耕一郎は鼻をひくひくさせて、甘い芳香を吸い込んだ。

メスの香りだ。

瞑《つむ》っていた目をカッと開ける。

和室の天井が見えた。今、借りている家の天井ではない。

（ここはどこだ？）

視線を横に向けると、ドレッサーの前に真っ赤な長襦袢《じゅばん》を着た女が座って、黒髪に櫛《くし》を入れていた。

三面鏡に映っている女の顔を見て、

（叶子ママ……！）

耕一郎はハッとして上体を起こした。

「ようやくお目覚めのようね。苦労したのよ、泥酔したあなたをここまで連れてくるのは」

叶子がこちらを振り返って、婉然《えんぜん》と微笑んだ。

結われていた髪が解かれて、優美だが色っぽい顔にかかっている。緋《ひ》襦袢は半衿《えり》だけが白く、他の部分は燃え立つ炎のように真っ赤だ。

しかも、叶子は膝を崩して座っているので、長襦袢の裾《すそ》がはだけて、真っ白い太腿がわずかにのぞいている。

（そうか……ひとりになって店のカウンターで眠ってしまったんだな。それを不憫《ふびん》に思って、ママは……）

事情が呑み込めて、

「すみません。もう大丈夫ですから、帰ります」

耕一郎は起きあがろうとした。だが、まだ酔いが残っているのか、体がままならない。

「無理なさらないでくださいな。途中で倒れても、困るわ。まだ夜中は寒いですし……今夜は泊まっていけばいいわ」

そう言って、叶子が立ちあがり、耕一郎の隣に身体をすべり込ませてきた。

甘く、蠱惑《こわく》的な女の化粧の香りが包み込んでくる。

耕一郎はいつの間にか下着姿になっていて、シャツを着た胸板に、叶子は横から顔

を乗せて、

「寂しくてたまらないの。あなたもおひとりで寂しいでしょ？　わたしもそうなのよ」

酒臭い息を吐いて、下着のシャツをまくりあげ、あらわになった胸板にじかに頰擦りしてきた。

その甘えたような仕草や、なめらかな肌に刺激されながらも、耕一郎は心に引っかかっていたことを確かめる。

「……でも、東京にはパトロンさんがいるんじゃあ？」

「平気よ。あの人はもうあそこがままならないから……それに、ネトラレってわかります？」

「ええ、一応……」

「あの人はそのネトラレだから、わたしがお客さんに抱かれたという話をすると、そのときだけ、あれが勃《た》つのよ。嫉妬心をぶつけるように、してくれるの……だから、むしろ歓迎なのよ」

そう言って、叶子は顔を寄せてくる。

ちゅっちゅっとついばむような接吻をして、乳首に舌を這わせながら、手をおろし

ていき、下腹部のものに触れる。しなやかな女の指を感じて、

「あっ、くっ……！」

耕一郎は唸る。

女性にイチモツを触られるのは、いつ以来だろう？　結婚する前はそれなりに女を抱いたものだ。結婚後も一度不倫したことがある。が、最近は女体に触れたこともなかった。

ブリーフ越しにゆるゆると、かつ巧妙にイチモツをさすられると、かつての快感を思い出したのか、分身がぐんぐんと力を漲《みなぎ》らせてくる。

「何だかんだ言って、東京の男が好きなの。地元の男は荒っぽいだけで……」

そう言って、叶子が上からアーモンド形の目で見つめてくる。

切れ長の目の縁が朱に染まり、厚めの唇には赤いルージュがぬめ光っている。

そのふっくらとした唇が叶子の女性器の形をそのまま表しているようで、耕一郎の視線は赤い唇に吸い寄せられる。

叶子はふっとはにかみ、顔をおろしていく。

ブリーフ越しにイチモツにキスを浴びせられると、それが一気にギンとして、

「ああ、逞《たくま》しいわ。カチン、カチン……」

叶子はその硬さを賛美するように下からなぞりあげ、ブリーフの上から舐《な》めてくる。

「あっ、くっ……」

「すごいわね……高柳さん、すごくお元気だわ」

見あげてにこっとして、叶子がブリーフをおろす。

ぶるんっとこぼれ出たイチモツは、自分でもびっくりするほどの角度でいきりたち、赤銅色にてり輝いていた。

「すごい角度……」

叶子は感嘆するように言って、耕一郎の開いた足の間にしゃがむと、ほっそりと長い指を茎胴にからませて、その硬さや大きさを確かめるようにゆったりとしごいてきた。

それから、長い黒髪をかきあげて斜めに流し、少し顔を傾けながら、裏筋を舐めあげてくる。

いっぱいに出した舌を裏筋に巧妙にからみつかせ、ツーッ、ツーッと走らせながらも、その効果を推《お》し量るような目を向ける。

色っぽすぎた。

枝垂れ落ちている黒髪、細められた妖艶《ようえん》な目。そして、赤く濡れた舌がしどけなくイチモツにからみついている。

(……夢じゃないだろうな？)

降って湧いたような突然の僥倖《ぎょうこう》に、耕一郎はついていけない。

しかし、裏筋にへばりついているぬるっとした舌の感触は、どう考えても夢などではなく、現実だ。

叶子は顔を伏せると、亀頭部を舐めてきた。

尿道口をちろちろとくすぐり、亀頭冠に沿ってぐるっと舌を一周させる。

「くっ……おおぅ、気持ち良すぎる！」

思わず言うと、叶子はにこっとして、ぐっと姿勢を低くした。

耕一郎の膝をすくいあげるようにして持ちあげ、剝《む》きだしになった睾丸にキスをし、さらに舐めてくる。

「おっ、あっ……」

やはり、これは夢ではなかろうか？

キンタマをしゃぶるなど、女房だってしてくれなかった。それを、スナックの美人ママがしてくれているのだ。しかも、今夜初めて耕一郎に逢ったばかりだというのに。

(そうか……今は田舎のスナックのママだが、かつては銀座のクラブのチーママだった人だ。そして、現在もあれがままならない傘寿《さんじゅ》のパトロンを満足させているのだ。このくらいはできて当然なのだろう。さすがだ……それにしても、気持ち良すぎる……！）

叶子は睾丸袋の皺《しわ》のひとつひとつを伸ばすかのように丁寧に舐めると、その下の会陰《えいん》部にも舌を這わせた。

敏感だと言われる蟻《あり》の門渡《とわた》りをよく動く舌で、ちろちろともてあそばれつつも、イチモツを握ってしごかれると、得も言われぬ快感が込みあげてきた。

「あああ、くっ……！」

あまりの快感に、耕一郎は呻《うめ》く。

すると、叶子は会陰部から睾丸、さらに裏筋をツーッ、ツーッと舐めあげ、そのまま上から頬張ってきた。

ギンとしたものが温かくて、湿った口腔に一気に包まれる。

フェラチオなどいつ以来か、思い出せないほどだ。

だが、分身はその快楽を覚えていたと見えて、ふっくらとした唇がゆっくりと上下にすべっていくと、自然に腰が浮いた。

叶子はそれで耕一郎の快感を見てとったのだろう。いっそう激しく唇を上下にすべらせつつ、根元を握ってしごいてくる。

「おおぅ、ダメだ……出てしまうよ！」

思わず訴えると、叶子はちゅるっと吐き出して、乱れた黒髪をあだっぽくかきあげて一方に寄せ、それから、またがってきた。

足を開いたので、緋襦袢がはだけて、むっちりとした仄白い太腿がのぞき、漆黒の翳《かげ》りもちらりと目に入る。

台形に繁茂した繊毛の奥を、叶子は腰を振って擦りつけて、

「んっ……あっ……あうぅぅ」

顎をせりあげて、喘ぎを押し殺す。

叶子の花芯はしとどに濡れていて、亀頭部がぬるっ、ぬるっとすべった。

(こんなに濡らして……！　きっと寂しくてたまらなかったんだな。俺は飛んで火に入る夏の虫だったか……ラッキーだったな。今夜、店に来て……)

こんな美人ママとセックスできるなら、男は誰だって喜んで、飛んで火に入る夏の虫になるだろう。

叶子が沈み込んできた。

潤みきった肉の粘膜が勃起を包み込んできて、

「くくっ……！」

叶子はくぐもった声を洩《も》らしながら、ぐっと奥まで屹立《きつりつ》を呑み込み、

「あああぁぁ……！」

心から気持ちいいという声をあげて、のけぞった。

「うぐっ……！」

と、耕一郎も奥歯を食いしばらなければいけなかった。

とろとろに蕩《とろ》けている。しかも、熱い。

煮詰めたトマトのような粘膜がざわざわとうごめきながら、硬直を締めつけてくるのだ。

（ああ、すごい……オマ×コってこんなに気持ちいいものだったか！）

耕一郎は、ただただもたらされる歓喜に酔いしれる。

すると、焦《じ》れたように叶子が腰をつかいはじめた。

耕一郎の下半身にまたがり、やや前傾しながら両手を胸板に突き、緋襦袢に包まれた腰をくなり、くなりと前後に揺らしては、

「んっ……んっ……ぁあああ、たまらない。たまらない……あうぅぅ」

乱れ髪からのぞく紅潮した顔をのけぞらせる。

「くっ、くっ……」

と、耕一郎はもたらされる快感をこらえる。

ひさしぶりのせいか、叶子の膣《ちつ》のうごめきを如実に感じる。

ねっとりとした粘膜がまるでウエーブでも起こしているかのように波打って、硬直を包み込み、時々、ぎゅ、ぎゅっと締まる。

その際、分身が奥へ奥へと吸い込まれるようで、ひどく気持ちがいい。

(いかんな。感じすぎる……これでは、あっと言う間に搾り取られてしまう！)

耕一郎が不安に駆られたとき、叶子が上体を後ろに傾けた。

卑猥すぎる格好だった。

足を大きく開いているので、緋襦袢がはだけて、真っ白な太腿が根元まであらわになり、野性的な陰毛の底に、耕一郎のいきりたちが嵌《は》まり込んでいるのが、はっきりと見える。

しかも、叶子は腰を前後に打ち振るので、そのたびに、イチモツが出入りする様子が目に飛び込んでくる。

(おおぅ、あんなに奥へと……！)

耕一郎はもう何年もセックスレスだった。

それもあってか、女体との交わりのひとつひとつがひどく新鮮に映る。

「あああ、あああ……いいのよ、いいの……ぐりぐりしてくる。ぁああうぅぅ」

叶子が激しく腰を振ったので、ちゅるんと肉棹《にくざお》が外れ、

「ゴメンなさい」

はにかんで言って、叶子は自ら屹立をつかみ、膣肉にふたたび押し込む。

スナックの美人ママが外れたペニスを自ら招き入れる姿に、ひどく昂奮《こうふん》してしまった。

叶子は挿入したままゆっくりとまわり、真後ろを向くと、そのまま上体を倒して、耕一郎の向こう脛《ずね》を舐めはじめた。

バックの騎乗位の経験はあるが、これは初めてだ。

たまらなくなって、真っ赤な長襦袢をまくりあげて、腰紐に挟んだ。

見事なヒップがあらわになり、その切れ込みの底にイチモツがずっぽりと嵌まり込んでいるのが、まともに見える。

一昔前とは違って、今のアラフォーは完全に女盛りと呼んでいいのだろう。叶子ママの尻は豊かで、肉感的に張りつめていた。

そして、ぬるっ、ぬるっと舌が向こう脛を這うその感触が気持ちいい。

（すごい人だ、ママは……！）

きっとこれまでにも、多くのＶＩＰな客をこうやって、身体でもてなしてきたのだろう。

何がすごいって、このご奉仕の気持ちだ。

耕一郎のような初見の客に、排泄器官までさらして、徹底的にサービスしてくれるのだから。

たっぷりと釉薬《ゆうやく》をかけた陶磁器のような光沢を放つ尻が、前後に動いて、舌も向こう脛をすべっていく。

何かしてあげたくなって、耕一郎は手を前に伸ばし、尻を撫でまわした。

丸々と充実した尻はすべすべでもっちりとしており、その間でセピア色の窄《すぼ》まりがかわいく鎮座している。

小菊のような形のアヌスが、触って、と訴えている。

耕一郎は指を唾液で濡らし、それを塗り込むように窄まりをさぐる。

すると、アヌスがひくひくっとうごめいて、

「あんっ……いや……」

叶子がかわいらしく言って、きゅんと尻を窄めた。

「ダメよ。汚いわ。東京の人がそんなことをしちゃ、ダメ」

「いやいや、セックスに東京も地方も関係ないよ。これはお礼だよ。ママがご奉仕をしてくれることへの」

耕一郎が唾液を塗り込むようにして、アヌスの周辺を愛撫すると、

「いやだって言ってるのに……ダメ……あっ、あっ……ぁあああ、恥ずかしいわ」

口ではそう言いながらも、美熟女は自分から腰を前後に振って、尻を擦りつけてくる。

身体が柔軟なのだろう、前屈し、緋襦袢がまとわりつく肢体を前後に揺らして、

「あっ、あっ……ぁああうぅ、恥ずかしいわ……ぁああ、見ないで……ぁああ、ぁあああぁぁ」

と、長襦袢越しに乳房を擦りつけてくる。

耕一郎はもうたまらなくなって、叶子の下から抜け出して、真後ろに膝を突いた。

四つん這いになって、尻を突き出している叶子の腰をつかみ、いきりたつものを差し込んでいく。

尻を引き寄せながら腰を突き出すと、蜜にまみれたイチモツが尻の底にすべり込んでいって、

「あうぅぅ……！」

叶子が上体を反らして、シーツを鷲《わし》づかみにする。

（ああ、これだった……この女体を貫く感触を忘れていた！）

耕一郎はオマ×コの感触を嚙《か》みしめるように、ゆっくりと腰をつかう。

とろとろの肉路をいきりたちがこじ開けていき、そのまったりとしたなかを抜き差しする感触が心地よい。

そして、叶子はぐいっと腰を後ろに突き出し、

「あっ……あっ……あん……！」

感に堪《た》えないといった喘ぎを洩らす。

スナックの二階にある狭い和室を、天井のサークル蛍光灯が煌々《こうこう》と照らし出し、叶子の燃え立つような緋襦袢と白絹のような肌もはっきりと見える。

（まさか、お試し移住のこの地で、女体に接することができるとは……）

まだ、移住を決めたわけではないが、思い切って、新しい道に踏み出してよかったと思った。

そして、耕一郎も少しずつセックスのやり方を思い出していた。

ぐっと前傾して、緋襦袢越しに乳房を揉みしだいた。たわわで柔らかな肉層がしな

り、こらえきれなくなって、衿元から手を入れ、じかに乳房をとらえた。

しっとり吸いつくような乳肌を揉み、硬くしこっている乳首を捏《こ》ねると、

「んっ……あっ……ぁあああうぅ」

叶子が突いてと言わんばかりに尻をくねらせる。

耕一郎は柔らかく沈み込む乳房を揉みながら、内部を捏ねまわす。

「あんっ……そうよ、そう……気持ちいい……あんっ、あんっ、ぁあうぅぅう、もっとちょうだい！」

叶子がぐいと尻を突き出してくる。

ならばと、耕一郎は腰をつかみ寄せて、思い切り、イチモツを叩き込んだ。

豊かな尻肉に下腹部がぶち当たって跳ね返され、

「んっ、んっ、んっ……ぁあああ、これよ、これ……ダメ、ダメ、もう、もうイッちゃう！」

叶子が意外に早く、訴えてきた。

「いいですよ。イッていいですよ」

耕一郎は遮二無二《しゃにむに》叩きつける。まだ、自分は射精しそうにもない。だから、思う存分突ける。

最後は畳がきしむほどに猛烈に打ち込むと、

「ぁあああ……イクぅ……イキます……あっ……！」

叶子は顔をのけぞらせ、どっと前に突っ伏していった。

4

布団のなかで、耕一郎は叶子の乳房をしゃぶっていた。

緋襦袢を脱いで、叶子は一糸まとわぬ姿で、布団に仰向《あおむ》けになっている。肌はきめ細かくしっとりとして、お椀を伏せたような乳房はたわわで、揉みがいがある。

「まだ、出していないんでしょ？」

叶子が下からとろんとした目で見あげてくる。

「ええ、まあ……」

「お強いのね」

「というより、なかなか出ないだけだよ。ひさしぶりだし……」

「そうなの？」

「恥ずかしい話だけど、女房を三年前に亡くしてから、チャンスがなくて……」

「でも、まだ六十一歳でしょ？」

「ああ……」

「まだまだ現役よね。男は一生現役でないと……」

叶子が下からイチモツに触れて、ゆるゆるとしごきながら言った。

「もっと、欲しいわ。できそう？」

「もちろん……」

耕一郎は体をおろしていき、むっちりとした足の膝をすくいあげて、翳りの底に貪りついた。そこはいまだそぼ濡れていて、ふっくらとした陰唇が艶《つや》やかにひろがって、オスを誘っていた。

狭間《はざま》に舌を這わせると、ぬるっ、ぬるっとすべって、

「あああああ、気持ちいいの……ほんとうに気持ちいいの……」

叶子が我慢できないとでも言うように、下腹部をせりあげる。

そのメス剝き出しのしどけない所作が、耕一郎を駆り立てた。

ギンとしたものを入れたくなって、膝をすくいあげる。

濃い漆黒の恥毛の底に、ふっくらとした大輪の肉花がひろがり、下のほうには蜜が溜まっていた。

そこに狙いをつけて屹立を押し進めていくと、ぬるりと嵌まり込んでいき、

「あうぅぅ……！」

叶子が右手の甲を口に添えて、のけぞった。

「おお、くっ……！」

と、耕一郎も奥歯を食いしばった。さっきより、ずっと緊縮力が増し、吸いつきも強くなっていた。

(魔性のオマ×コだな。これを一度味わったら、どんな男も骨抜きになってしまうに違いない)

八十歳を迎えたパトロンがいまだに、叶子に執着している理由がよくわかった。

膝裏をつかんで、腰をつかった。つかわされている感じだ。

ぐちゅり、ぐちゅりと粘膜が分身にからみついてくる。

そして、叶子は片手を口に押し当てて、腋《わき》の下をあらわにし、

「あん……あんっ……あんっ……ぁあああ、いいのよぉ」

と、切なげな声をあげ、たわわな乳房を波打たせる。

耕一郎は膝を放して、乳房を鷲づかみにする。そのほうが、叶子が悦《よろこ》んでくれるような気がしたのだ。

柔らかな肉層を右手で荒々しく揉みしだきながら、腰を叩きつける。

「ぁああ、高柳さん、すごい……お若いし、お元気だわ。ぁあああ、カチカチ……ああ、ぁあああああ、ぁああああ、いいのよぉ」

叶子が耕一郎の腕をつかんで、下から見あげてきた。

潤みきって、甘えついてくるようなとろんとした目……女の目だった。

耕一郎はしばらく、こういう『女の目』に出逢っていなかった。

魅了されつつ、腰を叩きつける。

もっと一体化したくなって、叶子を抱きしめ、足を伸ばし、屹立をめり込ませていく。

「あん、あんっ、あんっ……恥ずかしいわ。また、またイキそうなの。あなたも来て……ちょうだい。ちょうだい！」

叶子が下から訴えてくる。

耕一郎も下腹部で甘い愉悦《ゆえつ》の塊《かたまり》が育ちつつあった。

「いきますよ。いきますよ」

「はい、ちょうだい。ちょうだい……ぁあああ、気持ちいいの……あんっ、あんっ、あんっ……ぁあああ、イキそう」

叶子がぎゅっとしがみついてきた。

足を大きくM字に開いて、屹立を深いところに導き、耕一郎の腕にひしとしがみついては、耳元で、

「イキそう……イキそうなの」

と、甘えたような声で囁く。

「おおぅ、叶子さん……出そうだ。出る……くうぅぅ！」

最後は遮二無二打ち据えた。

残っていた力を振り絞って打ち込んだとき、

「イクわ、イク、イク、イッちゃう……やぁあああぁぁぁぁ、くっ！」

叶子が躍りあがりながら、両手でシーツを鷲づかみにした。

とろとろに蕩けた肉路が絶頂の痙攣《けいれん》をするのを感じて、駄目押しとばかりに打ち込んだとき、耕一郎もしぶかせていた。

稲妻に撃たれたような衝撃が走り抜けていく。

(女体のなかに出したのは、いつ以来だろう？)

打ち終えると、耕一郎はがっくりとなって、覆いかぶさっていく。はあはあという荒い息づかいがちっともおさまらない。ようやく息が戻ったとき、

「……すごかったわ。高柳さん、ほんとうにすごい」

叶子が、白いものが混じった髪を慈しむように撫でてきた。

第二章　ゆうわく家政婦

1

S村にお試し移住してから一週間が経った。

今日は家政婦の戸村珠江《とむらたまえ》がやってきて、散らかっている家の整理整頓や掃除をしてくれている。

「廊下も雑巾をかけておきますね」

「ああ、頼みます」

耕一郎が答えると、珠江はにこっとして、雑巾がけの準備をはじめる。

村には単身移住者のために、『家政婦制度』という支援制度がある。村の何人かの女性が家政婦に登録していて、珠江はそのひとりだ。

ミドルレングスの髪で、小柄でむちむちっとした体つきをしている。

どちらかというと、かわいい感じで、雰囲気も明るく、健康美に満ちている。

パッと見た感じでは、せいぜい二十代後半だが、じつは、小学校に通う娘がいる三十二歳の人妻だというから、女性は外見ではわからない。

この村で生まれて、育ち、六年前に『できちゃった結婚』で、村の農協で働いていた男と結婚し、娘を出産。

現在は、夫が東京で働いていて、実質的にはひとりで娘を育てているのだという。

夫からの仕送りはあるが、それだけでは足りずに、この村で、単身移住者のために家政婦業をして、家計の足しにしているらしい。

役場職員の内田清香に『お金がかかるので、家政婦制度は使わないほうがいい』というサジェスチョンを受け、自炊するように心がけたものの、さすがに毎日料理を作るのは無理で、しかも、この村には食堂がない。

それで、清香に頼み込んで、週に何度か家政婦さんに来てもらうことにした。

今日はその初日である。珠江がよく絞った雑巾を両手で押さえて、ダダダッと廊下を走りはじめた。

（ぁああ、これは……！）

普通、家政婦はこんな短いスカートを穿かない。

だが、珠江は膝上十五センチのスカートを穿いているので、こういう格好をすると、スカートの裾がずりあがって、むっちりとした太腿の裏側が際どいところまで見えてしまっている。

（いやいや、お手伝いさんが一生懸命にやってくれているのだから、その姿をいやらしい目で見たら、ダメだろう！）

そう思って、いったん立ち去ろうとした。

しかし、どうしても気になって、また戻ってきてしまう。障子の蔭《かげ》からこっそりと覗いた。

珠江は耕一郎に気づいていないようで、ますます尻を高くあげ、ダダダッと廊下に雑巾をかける。

見えた！

スカートがずりあがって、肌色のパンティストッキングに包まれた太腿がほぼ付け根までのぞいていた。パンティの色は白だ。

その白い基底部が股間に縦皺を刻んで食い込んでいるのが、パンティストッキングから透けて見える。

わざとやっているのではないだろう。耕一郎は障子の蔭に身を潜めているのだから。

（きっと、そういうことを気にしない性格なんだろうな。他人の家で家事をするのに、こんなミニスカートを穿いてくるくらいだから）

だとしたら、覗き見するのはますますいけないことだ。

しかし、股間のものがむっくりと頭を擡げてきて、その漲る感触が耕一郎の足を止める。

この土地に来てから、やけにあそこの元気がいい。

やはり、この田舎ののんびりした雰囲気が、長い商社マン生活で溜まっていたストレスを取り払ってくれているのだろうか？

この前、思いがけず叶子ママを抱かせてもらい、不肖のムスコが往時を思い出したということもあるだろう。だが、これには後日談があって、夢のような一夜を過ごした数日後に、あわよくばまた、とスナック『叶子』に顔を出した。

そのとき、果樹園を営む男に、こう耳打ちされたのだ。

『あんたも仲間入りしたらしいね』

事情を訊くと、叶子ママは何人かの店の常連客と閨《ねや》をともにしているのだと言う。

『あんたもわかっただろ？　ママの接待を受けて、いかにママがドスケベかってことが……ここの常連さんの多くはママの身体を目当てに通ってきているわけだ。ただし、ママの気分次第だから、なかなか順番はまわってこない。辛抱強く待てるなら、通ってきなよ。そのうち、また抱かせてくれるよ』

果樹園の経営者はそう言って、耕一郎の肩を叩いた。そのとき、

『ちょっと、ハジメちゃん。妙なことを吹き込んでいるんじゃないでしょうね？　耕一郎さんは大切なお客さんなんだから、へんなことを言わないでよ』

叶子ママがそう口を挟んで、眉をひそめた。

(なるほど。それで……)

事情が呑み込めた。知らないほうがよかった。

それが自分のプライドなのかよくわからないが、とにかく、耕一郎はその瞬間、ママの肉体を期待する男たちのひとりになるのはいやだなと感じた。

だから、もう店には行っていない。

しかし、ひさしぶりに味わう献身的なセックスで、耕一郎の下半身は目を覚ましてしまっていた。それもあって、余計に珠江のパンチラに反応してしまうのかもしれない。

(それにしても、足腰が強い。太腿もむちむちで、ケツもデカい。やはり、田舎で育

ったせいだろうな)

相変わらず耕一郎の視線には気づいていないのか、珠江は何度も廊下を四つん這いになって走り、きれいに端まで拭いたところで、やめて、雑巾をすすいでいる。

前屈みになると、ニットからたわわな乳房がのぞいて、耕一郎はまたまたドキッとしてしまう。

小学生の娘がいるのだから、おそらく授乳を経験しているのだろう。

こんな豊かなおチチを、耕一郎も口に含んでみたいと思った。

その日、珠江は夕食を作ると、『娘が待っていますから』と契約通りの午後五時になって、帰路についた。

けっこう真面目で、手抜きすることなくきちんと家事をこなしてくれる。

しかも、移住を勧めている村のほうで、ある程度お金を出してくれるらしく、耕一郎が払う金額は、一般的な家政婦と較べてはるかに安い。

(これは、いい制度だ。それに、いい人に当たったかもしれない)

耕一郎はつくづく珠江でよかったと思った。

三日後、珠江がまたやってきた。

珠江は先日と同じく、ぱつぱつの膝上のスカートを穿いていたので、この服装が彼女が家政婦をするときのユニホームなのだとわかった。

その日はお風呂の掃除もしてくれたのだが、後ろから見ていると、珠江はぐっと浴槽に屈んでなかを洗うので、スカートがずりあがって、またまたパンティが見えた。

今日はびっくりするようなピンクで、三十二歳の人妻が家政婦の仕事に来て、こんな男を煽《あお》るような色のパンティを穿いていることに、驚いた。

しかも、肌色のパンティストッキングのシームがちょうど真ん中に食い込んで、左右のぷっくりとした肉土手までもが目に飛び込んできたので、股間のものがふくらんでしまった。

珠江は家中を塵《ちり》ひとつ残さず掃除し、ぴかぴかにすると、夕食の準備にかかった。

今日は、娘が友人の家にお泊まりするので、帰りは多少遅くなっても大丈夫だと聞いていた。

夫は東京で働いているから、今夜は帰宅してもひとりのはずだ。

「せっかくだから、珠江さんも食べていかれたらいい。二人分、作ってください。ひさしぶりにお酒も呑みたいから、ツマミも作ってもらえれば……珠江さんは、呑まれるんですか？」

訊くと、珠江は「けっこう、呑兵衛《のんべえ》なんです」と照れた。

「じゃあ、珠江さんも呑みましょう。ひとりじゃあ、寂しすぎる。食材、どんどん使っていいですから」

「ふふっ、わかりました。では、思う存分に腕を振るわせてもらいます」

そう言って、珠江が料理をはじめた。

下着と同じピンク色の胸当てエプロンをつけて、後ろで結ばれたエプロンのリボンがぷりっとした尻たぶのちょうど真ん中に垂れている。

キッチンで料理をするその背中を、炬燵に入って後ろから眺めていると、内田清香を思い出した。

担当だから、今も逢っている。この家政婦制度を使う際にも、清香に家に来てもらって、相談をした。

その清楚でありながら、どこか男を駆り立てずにはおかない容姿や性格に、ますます惹かれてしまっている。

あのとき、炬燵で寝てしまった耕一郎を覗き込んでいたときの彼女の表情が忘れられない。何か愛《いと》しいものを見るような、慈しむような表情だった。

(あれは何だったのだろう?)

もしかして、自分のことを好《す》いてくれているのかとも思ったが、その後、まったく進展がないから、どうやら気のせいだったようだ。

それでも、パジャマに着替えさせてくれたときの清香の甲斐甲斐しい様子がいまだに目に焼きついている。

（今頃、清香さんはどうしているのだろう？　借家にひとりで住んでいるらしいから、寂しくはないだろうか？　それに、他の男も清香さんを放っておくわけがないから、きっと、何人かに言い寄られているのだろう。役場の上司が彼女に色目をつかっているという話も小耳に挟んだしな）

などと清香のことを思っている間にも、珠江の作った料理が次から次と出てきて、それをツマミに地元の酒を呑む。

地野菜のおひたしも、ごま和《あ》えも、びっくりするほどに美味しい。

（先日も美味しかった。やはり、家政婦をつづけているだけのことはある）

感心しながら、料理を口に運んだ。

やがて、メインディッシュの、春キャベツをふんだんに使った豚肉とキャベツの中華炒めが出てきて、珠江も食卓についた。

二人で暖かい掘り炬燵に入り、差しつ差されつで酒を酌み交わしながら、料理を食べていると、耕一郎はとても気持ちが和《なご》むのを感じた。

気にかかっていた、東京で働いている夫の話題に持っていく。普段は明るい珠江の顔が途端に曇った。

「うちの人、ほんとダメで……実はこの土地がいやになって、農協を辞めて上京したんです。わたしと娘を残して……」

「だけど、それは、もっと稼ぐために東京に出たんじゃないの？」

「だといいんですが……そうじゃないんです。働き口を見つけても、合わないとか言って、すぐに辞めてしまって、職を転々としているんです。仕送りは微々たるもので、盆暮れにしか帰ってこないんですよ。ひどい男でしょ？　失敗したなって……離婚も考えたんだけど、娘がいるからなかなか……」

「そうか……大変ですね」

「デキ婚を悔やんでいるんじゃないんです。ただ、男を見誤ったかなって……」

肩を落とす珠江の肌が、酔いでピンクに染まっていた。

ぱっちりとした目にも憂愁《ゆうしゅう》の影が落ち、可哀相《かわいそう》になってきた。

「だったら、こうしよう。まだはっきりと移住を決めたわけじゃないが、このお試し期間で、家政婦が必要なときは、必ずあなたを指名させてもらうよ。内田清香さんにもそう伝えておくから」

「ほんとうですか？」

「ああ……そうするよ」

「よかった。ありがとうございます」

炬燵の向かい側で、珠江が深々と頭をさげた。

「いいよ、いいよ。今夜は娘さんがいないんだから、思い切り呑んだらいいよ」

そう言って、お酌をすると、珠江はコップに注がれた冷酒を、ごくっ、ごくっと豪快に呑み干す。

ほっそりした首すじがさらされ、V字に切れ込んだニットの胸元が朱色に染まって、色っぽい。酔っぱらったせいか、耕一郎を見る目つきが変わってきて、どこかとろんとした女の目になっていた。

(なんだか、いい雰囲気になってきたな……)

そう感じたとき、掘り炬燵の足元に何かが落ちるような音がして、

「すみません。炬燵に、箸置きを落としたみたいで……」

珠江が、拾ってほしいという顔をしたので、

「さがしてみるよ」

耕一郎は炬燵布団をあげて、掘り炬燵に潜り込んだ。

2

四角く掘られた炬燵のなかは、下から放射される赤外線ヒーターで赤く染まっていた。ストリップ劇場のような卑猥な色だ。

底を見ると、確かに、魚の形をした箸置きがひとつ、珠江の足元に転がっている。

耕一郎は苦労して足から先に入り、炬燵のなかに潜り込んだ。

赤外線ヒーターの熱さを感じながら、底の箸置きを取ろうとしたとき、いきなり目の前で、珠江の足が開いた。

(えっ……？)

珠江は膝を四十五度ほどにも開けているので、膝上のスカートがずりあがって、太腿はおろか、ピンクのパンティまでもが見える。それらが、下からの赤外線を浴びて真っ赤に燃えている。

(こ、これは……？)

さっきまで閉じていた足が、耕一郎が近づいた途端にいきなり開いた。

(わざとやっているんだな？　俺に見せつけているんだな)

そうとしか考えられない。

そのとき、炬燵布団から珠江の右手が入ってきた。

パンティストッキングのパンティの下にその手がすべり込んでいき、あそこをさすりはじめた。

さらに大きく足をひろげ、右手の指で底のほうをなぞり、擦る。持ちあがったパンティストッキングがその指の動きにつれて、もこもこと波打っている。

（わざと箸置きを落として、俺を誘っているんだ。珠江さんはきっと寂しいんだろうな。夫が東京に行って帰ってこないから……）

田舎の女はみんな寂しい——。

（据《す》え膳《ぜん》食わぬは……とも言うじゃないか）

その間にも、パンティストッキングの股間が波打ち、足がぎゅうと切なげに内側によじられる。

耕一郎は近づいていき、パンティストッキングとパンティに手をかけ、思い切ってずりおろした。

それを望んでいたのか、珠江が尻を浮かして助けてくれる。

膝までさがったパンティストッキングとパンティを、くるくる丸めて足先から抜き取った。

　顔をあげると――。

　大きくひろがった左右の白い太腿が真っ赤に染まり、その奥で女の花芯が息づいていた。

　赤外線を浴びて、ぬらぬらと淫靡《いんび》にぬめ光っている。

　我慢できなかった。

　ヒーターの熱さを感じながら、顔を寄せる。

　なかが四角く掘られているので、炬燵は邪魔にはならない。

　いきなり本体を舐めあげると、舌がぬるっとすべって、

「んっ……！」

　くぐもった声とともに、びくんと下半身が撥《は》ねた。

　夢中になって、花肉に舌を走らせた。

　甘酸っぱい性臭が炬燵にこもり、びくっ、びくっと太腿が痙攣する。

　いったん顔を離して、中指を添えた。ねっとりとした粘膜のようなものが指にからみついてきて、指が徐々に沈み込んでいく。

　ちょっと力を入れただけで、中指がぬるぬるっとすべり込んでいき、熱い滾《たぎ》りがま

とわりついてきた。

「ぁああうぅ……！」

低く呻きながらも、珠江は腰を前後に揺すって、濡れ溝を擦りつけてくる。

耕一郎は熱さに耐えきれずに、炬燵布団を撥ねあげた。

布団がめくれあがって、そこから、仰向けに寝た珠江が見えた。隙間から珠江を見ながら、指を抜き差しすると、ぐちゅ、ぐちゅと卑猥な音がして、

「ぁあああ、ぁあうぅぅ……」

珠江は下腹部をせりあげたり、よじったりして、顎をのけぞらせる。

足は掘り炬燵の底についているので、その身悶えする姿が余計にいやらしかった。

耕一郎も往時のセックスを思い出していた。

（確か、こういうときは……）

中指で膣を擦りながら、顔を寄せて、上方の肉芽を舐める。

翳りの底から、ツンと顔を出しているクリトリスに舌を走らせ、同時に、指を抜き差しして、なかを掻《か》きまわす。

そぼ濡れた粘膜がからみついてきて、その上のGスポットらしき箇所をノックするようにして叩き、さらに、擦りあげる。

そうしながら、肉芽に舌を走らせ、吸う。

と、珠江の気配が変わった。

「ぁああ、あああ……ダメ、ダメっ……恥ずかしい。もう、もうイッちゃう……ぁあああ、ぁあああああ、そこ……！」

珠江は畳を掻きむしるようにして、下腹部をぐっと持ちあげる。

「いいんだよ。イッていいんだよ」

そう言って、タンタンタンと強めにGスポットを叩き、陰核を舐めたとき、

「あっ、くっ……！」

珠江はぐっと尻を持ちあげ、ブリッジするようにして、エクスタシーに昇りつめていった。


耕一郎は下半身すっぽんぽんで、掘り炬燵に両足を入れていた。そして、炬燵から顔を出すようにして、珠江がいきりたちを頬張っている。

「んっ、んっ、んっ……」

つづけざまに口でストロークされて、ぐっと性感が高まる。

(ダメだ。まだ出すのは早い！)

顔を持ちあげて、珠江を見た。

炬燵布団から顔を出して、珠江はいったん肉棹を吐き出し、裏筋を舐めながら、耕一郎を見る。

ミドルレングスのさらさらの髪が揺れている。耕一郎を見る目は、家事をしているときとは違って、女そのものといった、艶《なま》めかしさをたたえている。

(そうか……家政婦の鏡のような珠江さんも、いざとなると、こんな色っぽい顔をするんだな)

珠江はいっぱいに出した舌で、ツーッ、ツーッと裏筋を舐めあげ、亀頭冠の真裏にちろちろと舌を走らせる。

(上手《うま》いじゃないか、さすが人妻……くうぅ、気持ちいい！)

見ていられなくなって、耕一郎は持ちあげていた頭を畳に落とす。

古民家は天井が高い。格子状になった木の天井が、快感で霞んできた。

目を閉じると、いっそう珠江の巧妙な舌づかいを感じる。

この村にお試し移住してから、いいことばかりが起きる。ここに移る前は、妻も亡くし、仕事も上手くいかずにいいことはなかった。なのに、これはいったい……。きっと、運のようなものが変わったのだろう。

ふっくらとした小ぶりの唇がゆったりと肉棹を上下しはじめた。

珠江は根元を握って、屹立の包皮を押しさげると、いっそう剝きだしになった亀頭部を中心に唇をすべらせる。

「んっ、んっ、んっ……」

くぐもった声を洩らしながら、一心不乱に顔を打ち振る。

「あっ、くっ……！」

うねりあがる快感を、耕一郎は目を閉じて、味わう。

愛撫がとても情熱的だ。湧きあがる感情をぶつけるように、屹立を唇でしごいてくる。

(ダンナさんが帰ってこないから、寂しかったんだろうな。この娯楽のない村で、女手ひとつで子供を育てていたら、欲求不満が募ってくるだろう……ああ、気持ち良すぎる……！)

そう感じたとき、珠江が炬燵から這いだしてきた。

黒い光沢のあるスリップをつけていて、肩紐が一本、二の腕におりていた。

「ゴメンなさい。熱くて……」

そう言って珠江はその肩紐を肩にあげると、仰向けに寝ている耕一郎に尻を向ける形でまたがってきた。

シックスナインである。

黒のスリップをめくりあげると、豊かな尻と太腿があらわになり、その奥で濡れ光っている花肉に見とれている間にも、珠江は硬直にしゃぶりついてきた。

逆側から、いきりたつものに唇をかぶせて、うぐうぐと頬張り、舌をからめてくる。なかで舌をまとわりつかせながらも、ゆっくりと顔を打ち振る。

その貪欲と言っていいほどの頬張り方が、耕一郎をいっそうかきたてる。

耕一郎はそばにあった座布団を二つに折り、枕替わりにする。こうすると、クンニがしやすい。

むっちりと張りつめた肉感的な尻を両手でつかむと、自然に尻たぶがひろがって、女の花芯もあらわになる。

小ぶりだがふっくらとした土手高の肉厚の女性器で、深い渓谷が刻まれていた。

「お尻をもう少しこっちに」

尻を引き寄せておいて、耕一郎は狭間にしゃぶりついた。

陰唇の間に舌を走らせると、ぬるっ、ぬるっと舌がすべって、

「んっ……んっ……うぐぐ」

珠江はくぐもった声を洩らし、尻をひくつかせながらも、決して咥《くわ》えることをやめようとはしない。

陰唇がひろがって、サーモンピンクの粘膜がおびただしい蜜でぬめ光っている。耕一郎が狭間に舌を走らせると、

「んっ……んっ……」

珠江は尻をもじもじさせながら、湧きあがる快感をぶつけるようにして、屹立を頬張り、指で根元をしごきたててくる。

(くうぅ……!)

耕一郎はうねりあがる快感をこらえて狭間を舐め、さらに、下のほうの突起にしゃぶりついた。

尖《とが》っている箇所を舌でさぐりあてて、そこを縦に舐める。

「んっ……んっ……!」

珠江は尻をびくびくさせていたが、やがて我慢できなくなったのか、肉棹を吐き出して、

「あああああ、いいの。これが……欲しい!」

唾液まみれの屹立をぎゅっと握る。

「いいよ、入れて」

言うと、珠江は緩慢な動作で向きを変え、耕一郎を見て、またがってきた。

蹲踞《そんきょ》の姿勢になって、大きく足をM字に開き、そそりたつものを導きながら、ゆっくりと腰を沈めてくる。

ギンと力を漲らせたものが、ひどく窮屈な粘膜をこじ開けていき、

「ああ……！」

珠江は上体をのけぞらせ、しばらくその姿勢で動きを止めた。

それでも、膣はびくびくと収斂《しゅうれん》して、耕一郎のものを締めつけてくる。

（くっ……狭い。それに、締めつけがすごい！）

耕一郎はもたらされる歓喜を必死にこらえる。性能が良すぎて、少しでも気をゆるせば、たちまち搾り取られてしまいそうだ。

出産を経験しているのに、緊縮力が強い。

（こんな具合のいいオマ×コにも、飽きるときが来るのか？）

耕一郎には、珠江を地元に残して、たまにしか帰ってこない亭主の気持ちがまったく理解できない。妻にというより、この土地に飽きてしまったのだろうか？

耕一郎も故郷の栃木県から、東京の大学に入るために上京したときは、同じ気持ち

だった。地方に住む者には都会への憧れがある。

もっとも、今はそれとは正反対で、田舎暮らしに魅力を感じているのだが……。

珠江は両手を胸板に突いて、腰を振りはじめた。

最初はおずおずとしていたのに、次第に振りが速く、激しくなり、ついには腰を上下に振りだした。

ストン、ストンと腰を落とし、そこで激しくグラインドさせる。

「おおぅ、くっ……！」

耕一郎はぐっと奥歯を食いしばる。

黒いスリップをつけた珠江は、そんな耕一郎の様子を観察するかのように、上から見ている。

髪が乱れ、黒いスリップの胸元がはだけて、ノーブラのたわわな乳房が見えている。

珠江はあげた腰を落として、

「あんっ……！」

と喘ぎ、腰をまわして、濡れ溝を擦りつけてくる。

その、男を追いつめていくことに悦びを感じるような積極さがいい。

男も六十歳を過ぎると、自分で動くとすぐに疲れてしまうから、女性が進んで腰を振ってくれたほうが、ありがたい。

珠江は屈んできて、耕一郎にキスをする。

唇を重ね、耕一郎の舌を粘っこく舐めながら、腰を揺り動かす。

ねっとりとからみついてくる舌、イチモツをとらえて離さない粘膜のうごめき――。

たまらなかった。

珠江はキスをおろしていき、耕一郎の肩や胸板に丹念に舌を這わせる。

しかも、下腹部のものは珠江の体内におさまっている。

こんな愛撫は初めてだ。舌が走る箇所から、ぞわぞわっとした快美の電流が起こり、イチモツがますますギンとしてくる。

すると、珠江はまた唇を合わせ、情熱的に舌をからめてくる。

耕一郎はもたらされる快感にうっとりと酔いしれた。

すると、珠江は顔をあげ、ぐいぐいと腰を振って、濡れ溝を擦りつけてくる。そうしながら、上から耕一郎を観察している。

耕一郎は黒スリップのまとわりつく肢体を抱きしめ、下から突きあげてみる。

すると、いきりたちが斜め上方に向かって、膣を擦りあげていき、

「あっ……あっ……あんっ……！」

珠江は喘ぎながらも、ぎゅっとしがみついてくる。

耕一郎は背中に手をまわして抱き寄せながら、精一杯腰をつかう。

下から突きあげると、小柄な身体が弾んで、

「あっ、あっ、あぅぅぅ……いいのぉ。奥に届いてる。カチカチが突きあげてくるぅ……」

あからさまに言いながら、珠江はますます強く抱きついてくる。

ちょうど、珠江の肩から首すじが目の前にあった。

ごく自然にそこを舐めていた。

ほっそりとした首すじにちろちろと舌を走らせると、珠江も耕一郎の首すじを舐めてきた。

性器で繋《つな》がりながら、お互いの首を舐めている。

これも初めての経験だった。

ぞわぞわっとした快美感が走り、それが、もっと強く突きあげたいという欲望に変わった。

よくしなる柔軟な肢体を抱き寄せながら、ぐいぐいと腰を撥ねあげる。

そそりたつ分身が、珠江の体内を激しく擦りあげていき、

「あんっ……あんっ……あんっ……ぁあああ、すごい……気持ちいい。気持ちいいの……ぁあああ、また、また来そう……」

珠江がしがみつきながら顔をのけぞらせる。

すると、膣が強く収縮して、イチモツを締めつけてきた。

「ああ、よく締まるよ。珠江さんのあそこはよく締まる。ぁああ、たまらない」

下から擦りあげていくと、

「ぁあああ、また……、また、イキそうなの」

「いいんだよ。イッて……そうら、イキなさい」

耕一郎はまだ射精しそうにもないが、珠江には何度でも気を遣《や》ってほしい。

力を振り絞って、つづけざまに突きあげたとき、

「あん、あんっ、あんっ……ぁあああ、イキます。イク、イク、いやぁあああああああぁぁぁぁぁぁ、くっ……！」

珠江はのけぞって、がくん、がくんと躍りあがった。

それから、ぐったりと覆いかぶさってきた。

3

寝室の布団のなかで、耕一郎は仰臥して横たわり、黒スリップ姿の珠江が胸板に顔を寄せている。

「恥ずかしいわ。こんなになって……」

珠江が胸板を手でなぞった。

「いやいや、女性が何度もイッてくれれば、男はうれしいもんだよ。自分がセックスが上手いんじゃないかって思えるからね。たとえ、勘違いでも……」

さらさらの髪を撫でる。

「勘違いじゃないですよ」

「そうかな？」

「そうですよ」

「あなたが、とても感じやすいんだと思うよ。すごかったよ」

耕一郎は反対に、珠江を褒める。

「そうかな……」

「そうだよ……理解できないね。珠江さんのご主人が……こんなに感じやすい妻を放っておくなんて」

「……若い頃からつきあっているから、きっと飽きたのよ。東京の女のほうがいいんじゃない？」

そう言って、珠江は胸板にキスをし、乳首をちろちろと舐めながら、下腹部に手を伸ばす。

「もう、こんなになってる……」

怒張しかけている肉棹を握って、ゆったりとしごく。

「この村に来てから、ここの調子がいいんだ」

「きっと、都会のストレスから解放されているんだわ」

「そうかもしれないね」

「……したいの」

珠江が肉棹を握りながら、見あげてくる。

「家は大丈夫？」

「ええ、娘が帰るのは明日の午前中だから、それまでに帰れば……」

「じゃあ、しよう」

耕一郎は珠江を仰向けに寝かせて、掛け布団を剝《は》いだ。

古民家の寝室は、石油ストーブで充分に温められているので寒くはなかった。照明は絞られ、石油ストーブの赤い炎が揺れている。

その明かりに、艶めかしい黒スリップ姿が浮かびあがっている。

スリップ越しに乳房を揉みしだくと、量感あふれる柔らかなふくらみがしなり、中心よりやや上に、ポチッとした突起が浮き出てきた。

スリップの上から、突起にしゃぶりついた。明らかに硬くしこっている乳首を吸い、舐め転がすうちに、

「あっ……くっ……ぁあああうぅぅ」

珠江が顔をのけぞらせた。

唾液を吸った黒いスリップから、勃起した乳首が透けだして、それが限りなく卑猥だった。

左右の肩紐を外して、スリップを引きおろすと、たわわな乳房が転げ出てきた。それは、グレープフルーツのように丸々として大きく、ピンクがかった乳首がツンとせりだしている。

娘に授乳したせいか、乳首は大きく、乳輪も粒々が浮き出ていた。

しゃぶりついて、上下左右に舌で捏ねると、

「んっ……あっ……ぁあああ、感じる」

珠江は気持ち良さそうに顎をせりあげながらも、耕一郎を抱き寄せる。

たわわなふくらみに顔がむぎゅうと押しつけられる。窒息しそうになりながらも、乳首を吸うと、

「ぁああああ、いいのよぉ……」

珠江は手ばかりか、足も使って、ぎゅうとしがみついてくる。

その力強さに、驚いた。やはり、田舎で、ひとりで子育てしているから、自然に力も強くなるのだろうか。

耕一郎は手足を振りほどくようにして、乳房から腹部へと顔をおろし、膝をすくいあげた。

陰毛は自然のまま繁茂していて、その流れ込むところに、女の証《あかし》が咲き誇っている。

一度、勃起を受け入れたそこは濡れ光って、挿入を待ち望んでいるかのように、ひくひくとうごめいている。

「ああ、入れて……欲しいの」

珠江がそう言いながら、ぱっちりとした目を向ける。

耕一郎はいきりたつものを押し込んでいく。熱い滾りが包み込んできて、

「あうぅ……！」

珠江が両手でシーツをつかんだ。

「くうぅ……」

と、耕一郎も奥歯を食いしばる。

やはり、狭い。さっき挿入したのに、窮屈な肉の筒がざわめきながらも、勃起を締めつけてくる。

膝裏をつかんで、押し広げながら腰をつかう。

むっちりとした身体を折り曲げられ、あらわになった箇所を貫かれながらも、珠江は貪欲にその快楽を受け止めて、

「あんっ、あんっ、あんっ……」

両手を顔の横に置いて、顔をのけぞらせる。

耕一郎もこの村に来て、二度目のセックスだから、少しだけ余裕が出てきた。

深いところに突き入れたり、浅瀬を短く往復させたりと変化をつけてみる。ズンッと深く突いたときには、

「ぁああっ……！」

珠江は顎を大きくせりあげ、口をいっぱいに開けて快楽をあらわにする。

（そうか……奥のほうがいいんだな。こうしたほうが、深く入るはずだ）

耕一郎は挿入したまま、珠江の左足をつかんで、ぐいと持ちあげ、やや左側に倒し、珠江の右足を伸ばさせる。

確か、『帆掛け舟』という体位で、こうすると、二人の身体が交錯し、障害物がなくなって、切っ先が深いところに届く。そのくらいは、年の功でわかっている。

ぐいぐいと打ち込んでいくと、勃起が丸ごと珠江の膣に嵌まり込んでいるのがわかる。

「どうだい、これは？」

「ああ、すごい。お臍《へそ》に届いている。ぁあうぅ、苦しい……苦しいけど気持ちいいの……あんっ、あんっ、あんっ……」

珠江が頭上の枕を後ろ手につかむ。

黒スリップがめくれて、腰にまとわりつき、あらわになった乳房がねじれながら揺れている。

目の前の小さな足の指が快感そのままにぐっと反ったかと思うと、内側によじりこまれる。そのかわいらしい足指を見ているうちに、舐めたくなった。

左足をつかみ、少し曲げさせて、近づいてきた足の裏に舌を這わせた。

「あっ……いや、いや、いや……汚いよ。ダメ」

珠江が恥ずかしがって、足をぎゅうとたわめる。

それでも、執拗に土踏まずから足指にかけて舐めていると、

「ぁあああ、あああああ、気持ちいい……」

珠江はそう呟き、足指を反らせた。

これなら、と耕一郎は親指をしゃぶってみる。

自分の足の親指と較べてはるかに小さい親指を頬張り、フェラチオでもするように舐めるうちに、

「ぁああ、初めて……こんなの初めて……」

そう言う珠江の膣がきゅ、きゅっと締まって、イチモツを内側へ内側へと吸い込もうとする。

耕一郎は足指を舐めながら、膣のうごめきを存分に味わった。

ふたたび珠江を仰向けにすると、今度は上からのしかかるようにして、乳房を揉み、突起を舐めた。

グレープフルーツみたいな巨乳が柔らかく沈み込み、しこっている乳首を舌で上下

に撥ね、左右に転がすと、

「ぁあああ、いいの……ぁあああ、もっと……！」

珠江は耕一郎の腰に足をからませて、ぐいぐいと下腹部を擦りつけてくる。

膣がうごめいて、屹立にまとわりつきながら、強烈に締めあげてくる。

とても我慢できそうにもなかった。

耕一郎は上体を立て、珠江の足を肩にかけた。そのままぐっと前に屈むと、屹立が深いところに嵌まり込んでいき、

「ああああ、奥が……！」

小柄な肢体を腰から二つに折り曲げられて、珠江はつらそうに眉を八の字に折る。

だが、珠江がいっそう感じていることは、膣のうごめきでわかる。

耕一郎は肩に足を担ぎ、上から打ちおろしていく。

杭打機《くいうち》のごとく振りおろしていくと、珠江の腰もそれにつれて上下動し、切っ先が子宮口に当たって、耕一郎もぐっと性感が高まる。

「あんっ……あんっ……あんっ……ぁあああ、もうダメっ……イクわ。また、イク。イッていいですか？」

珠江が下からぼうとした目を向けてくる。

「いいよ。イッていいぞ。俺も、俺も、出そうだ」

「ぁあぁ、いいのよ。出して……出して……」

珠江は必死に耕一郎の腕をつかみ、顔をのけぞらせて、たわわな乳房を波打たせている。

「おおぅ……！」

耕一郎は最後の力を振り絞って、怒張を叩き込んだ。

息が切れてきた。今出さないと、射精できないだろう。

つづけざまに打ち込んだとき、

「あん、あんっ、あんっ……イク、イク、イッちゃう……！　やぁあああああぁぁぁあぁぁ……！」

珠江はのけぞり返って、後ろ手に枕をつかんだ。

ぐんと上体を反らせて、がくん、がくんと躍りあがる。

膣肉の収縮を感じて、奥まで届かせたとき、耕一郎も峻烈な射精に襲われた。

「うおおおっ……！」

吼《ほ》えながら、放っていた。

脳天が痺れるような射精とともに、腰がひとりでに震えている。

その間も、珠江の膣はまるで、精液を搾り取ろうとするかのようにうごめいていた。

放ち終えると、耕一郎は脱け殻になったように、女体へがっくりと覆いかぶさった。

珠江もぐったりして、微塵も動かない。

三度も気を遣ったので、満足しきっているのだろう。

息がおさまって、耕一郎は結合を外し、すぐ隣にごろんと横になる。

すると、珠江がにじり寄ってきたので、とっさに腕枕していた。

「すごく、よかった……」

珠江は甘えつくように手を胸板に添え、片方の足を大胆にからめてきた。

「それはこっちのセリフだよ」

「これからも、家政婦として、呼んでくださいね」

「もちろん……」

耕一郎は珠江の顔をぐいと引き寄せた。

第三章　農家妻と戯《たわむ》れて

1

その日、耕一郎は農業体験で、小菅由佑子の家を訪ねた。

内田清香に農業体験をしたいと言うと、それなら、この前お邪魔した小菅家でぜひにと勧められ、耕一郎も承諾した。

この村に定住することに決め、空家を購入すれば、庭が広いからそこで家庭菜園ができる。それに、余っている農地を村から只同然で貸してもらえる。

今のところ、どこかに雇ってもらって、という気持ちはない。

六十歳まで商社で目一杯働いてきて、それなりの蓄えもある。年金暮らしでもどうにかやっていけそうだが、野菜でも作れば、少しは食費も浮くだろう。それ以前に、身体を動かすことは大切だ。

今日、清香は他の仕事があって来られないが、由佑子には話が通してあるから、農作業を愉しんでください、と連絡を受けていた。

歩いてすぐの小菅家に到着する。二階建ての木造の家はリフォームしてあって、その前には広い庭があり、農具を置く物置と駐車場がある。

夫が熱海の旅館で料理長をしているし、妻も農業をしているから、お金には困らないのだろう。

由佑子は三十六歳で早く子供が欲しいらしい。夫も子供を熱望しているようだが、どういうわけか子宝に恵まれないのだという。

由佑子も家でじっとしていてもしょうがないので、農業をやりつつ、村の婦人会の中心メンバーを務めているらしい。

いずれにしろ、あれだけ肉感的な農家の人妻は初めてで、彼女にいろいろと教えてもらえるというだけで、気持ちが弾む。

「ごめんください！」

玄関の前で声を張りあげると、

「はーい」

明るい声とともに、由佑子が出てきた。

白い七分袖《そで》のTシャツを着て、紺絣《こんがすり》の小さな模様の入ったモンペを穿き、いつものように頭にバンダナを巻いている。

スタイルがいいせいか、由佑子がモンペを穿いていると、ファッションとして見えてしまう。それ以上に、白いTシャツの胸が大きく盛りあがっているので、ついつい視線がそこにいってしまう。

「よくいらしてくださいましたね。清香さんから聞いています。その前に、縁側でお茶でもしましょう。そこに座っていてください」

穏やかな笑みを浮かべて、由佑子が奥に消えた。

耕一郎は言われたように、サッシの開いた縁側に腰をおろす。

すでに里山も初春を迎えていて、様々な花がほころびはじめていた。

ぽかぽかした昼間の陽光のなかで、日向《ひなた》ぼっこをしていると、身も心も癒されていくのを感じる。

(やはり、田舎はいい。日向ぼっこなど、都会ではしていなかった)

目の前にひろがる里山の景色に見とれていると、由佑子がお茶と漬け物を持ってきて、耕一郎のすぐ隣に腰をおろした。

どうぞと勧められて、お茶をすすって、漬け物を口にする。

キュウリの浅漬けだったが、これが抜群に美味しい。

「美味《うま》いですね、この浅漬け」

「うちで採れたキュウリですから。じつは、うちにはビニールハウスもあって、そこでキュウリやトマトを栽培しているんですよ」

由佑子が微笑んだ。若く見えるが、実際は三十六歳で、それなりの落ち着きのある穏やかな顔だが、笑うと口角《こうかく》がきゅっと吊りあがって、その笑顔に癒される。

「そうですか……ビニールハウスもあるんですか」

「ええ……あとで見てください」

「ああ、見たいですね」

そう答えながらも、耕一郎は温室のなかで由佑子と二人になれることに、妙なわくわく感を隠せないのだった。

由佑子も浅漬けを爪楊枝に刺して口に運び、お茶をすする。

Tシャツをこんもりと持ちあげた胸を横から見ることになって、その信じられないほどの大きさと高さを誇る横乳に思わずコクッと生唾《なまつば》を呑み込んでしまう。

（いやいやダメだ。この人には農業を教えてもらうんだから、妙な目で見てはいけない！）

耕一郎は自分への戒《いまし》めの意味もかねて、由佑子の夫の話をした。

「ご主人は、今日も熱海ですか？」

「ええ……」

「熱海の旅館で料理長とは、すごいですね。きっと、腕がいいんでしょう。それに、とても良さそうな方だ」

ちらりと由佑子を見ると、

「……どうなんでしょうかね」

由佑子は曖昧《あいまい》な言い方をして、視線を外した。

（うん……何かあるのか？）

耕一郎は次の言葉を待った。

しかし、由佑子は話題をそらしたいとでもいうように、

「ここに住んでみて、どうですか？　移住は決められましたか？」

口角を吊りあげながら、訊いてくる。穏やかで、やさしげな顔に言いようのない愛《あい》嬌《きょう》が滲んだ。

「いいところだと思います」

「では、決められたんですね？」

「イエスと言いたいところですが、まだ、決めるところまではいかないんですよ。すみません」

「いいんですよ……おひとりで、住まれるんですか？」

「ええ、そりゃあ、好きな女性と二人で暮らせたらと思いますが……女房は三年前に逝《い》ってしまいましたし……ひとりだと寂しくなってしまうんじゃないかと……」

「でも、ここの女性はみなさん、やさしいでしょ？」

「そうですね。確かに……」

耕一郎は、役場の内田清香や、スナックの叶子ママ、お手伝いさんの戸村珠江のことを思い出していた。

この三人がいてくれれば、移住しても、寂しさは紛れるかもしれない。

しかし、叶子と珠江とはあくまでも肉体的なことで、精神的な寂しさは免れないのではないか？

そのとき、脳裏に浮かんだのは、清香の笑顔だった。

（清香さんと、もっと親しくなれれば……しかし、年も離れているし、無理だろうな）

その思いを振り切ろうと頭を振ったとき、由佑子が言った。

「この村は、男の人が少ないでしょ？」

「えっ……ああ、確かに、そう言われれば、そうですね」

役場も農協の市場も農家も、確かに男性の割合は少なかった。四割までは行かないのではないか？　たとえば、男性が三割五分だとして、残りの六割五分が女性なわけで、この比率はかなりいびつだ。

「村も、男性の流出が止まらなくて、困っているんですよ。働く場も少ないし、男の人が村から出ていってしまうんです。それで、村の婦人会でも上からの要請を受けて、男の人をどうやって引き止めるかが、いつも問題になっているんです。わたしもその婦人会で一応、副会長をやらせていただいているので……」

「ああ、それで……私も歳は取っているんだけど、一応、男性だから、みなさん、ここに移住してもらおうと、親切に……」

耕一郎はなぜ村の女性が自分のような者にもやさしく接してくれるかを、理解できたような気がした。

「高柳さんは、一応なんかじゃなくて、まだまだお若いですよ。ご自分が男性であることに自信を持ってください」

「そうですかね？」

「そうですよ。女性を見る目が、まだまだ現役ですもの……そろそろ行きましょうか？」

由佑子が立ちあがり、収穫用の籠《かご》を持って、歩きだした。耕一郎もその後を追う。

すぐのところに、野菜を栽培してある畑があって、そこで、耕一郎は由佑子を真似《まね》て雑草を取り、さらに、春キャベツの収穫をする。

「キャベツは意外に育てるのが難しいんですよ。葉が巻いてくれなかったり、青虫に食べられたり……でも、採りたてはほんとうに甘くて美味しいです。とくに、春キャベツは柔らかくて、甘いです。採り方はこうやって……」

と、外側の葉をめくり、包丁で根から切り取っていく。

「やってみてください」

言われて、耕一郎もやってみる。

包丁で削《そ》ぐときの力の入れ具合が難しい。

すると、由佑子が後ろから寄り添うようにして、耕一郎の手に手を重ね、

「ここを……そう……こういう感じで……」

と、教えてくれる。

その際、Tシャツ越しにたわわな胸のふくらみを感じた。大きいから、接している面積が広い。それに、耕一郎の手を握ってくれているので、いっそうドギマギしてしまう。

「ほら、採れた！」

由佑子が歓声をあげ、採れたての丸いキャベツを耕一郎が持つ。

春キャベツは意外と軽い。しかも、柔らかくて、ふわっとしている。

「こういう感じで、お願いしますね」

そう言って、由佑子もキャベツの収穫をはじめる。

耕一郎はキャベツを採りながらも、少し離れたところにあるモンペに包まれた尻が目に入って、気が散ってしまう。

(いかん……せっかく教えてもらっているのだから)

と、収穫に集中する。

だが、今度は由佑子がこちらを向いてしゃがんできたので、白いTシャツを押しあげたたわわな胸のふくらみが視界に飛び込んできてしまう。

しかも、襟元がV字に切れ込んでいるせいで、二つのふくらみが「おしくらまんじゅう」でもしているように集まって、むぎゅうと双方を押している。

（ノーブラか？　まさかな……）

きっと、胸が大きすぎて、ブラカップからはみ出してしまっているのだろう。

ついつい見とれていると、由佑子がちらりとこちらを見たので、耕一郎はあわてて目を伏せ、手を動かす。

また、おずおずと顔をあげる。

気温も高く、日差しが強くなってきたせいか、一心不乱にキャベツを切り取る由佑子の額に汗の粒が光っている。よく見ると、白いTシャツが噴き出した汗で肌に張りつき、ブラジャーの二本の肩紐がはっきりと透けだしていた。

（これは、エロい……！）

しかも、バンダナの巻かれた顔の左右には鬢が垂れ、やや紅潮した顔には汗が滲んでいる。

耕一郎の股間は徐々に力を漲らせて、恥ずかしいほどにズボンを押しあげていた。

すると、いきなり由佑子が顔をあげて、額の汗を手の甲で拭いた。

そのとき、由佑子の視線が一瞬、耕一郎の股間のふくらみをとらえたような気がした。

「キャベツはもういいわ。そろそろ、ビニールハウスに行きましょう」

その声が上ずっていて、今までとは違っていた。

2

長さが二十メートルほどの蒲鉾《かまぼこ》形の広いビニールハウスのなかには、プチトマトが栽培されていて、多くの果実が赤く熟れていた。

ハウス形に組まれたパイプの周囲は透明なハウス用ビニールで覆われ、春の陽光に照らされて、内部は外より数度温度が高いようだった。

「暑いでしょ？　上着は脱がれたほうが……」

由佑子に言われて、耕一郎がジャンパーを脱いでいると、

「ゴメンなさい、ちょっと……こちらに来ないでくださいね」

そう言って、由佑子がハウスの奥のほうに消えた。

(何をしているんだ？)

プチトマトの木に隠れるようにして、由佑子がしゃがむのが見えた。

次の瞬間、絣のモンペがくるりとさげられて、肌色の大きな尻がトマトの木の間から見えた。しばらくして、何かが地面を叩く音が聞こえた。

（……ひょっとして、ションベンをしているのか？）

ここは自分のビニールハウスだから、野ションとは言えないだろう。

（しかし、農業体験でやってきた男性の前で普通するか？　由佑子さんはここの生まれだから、ビニールハウスでションベンをすることにさほど抵抗がないのだろうか？　いや、それはないだろう。だとしたら、意識的に？　そう言えば、さっき俺の勃起を目にしてから、様子がおかしい……だとしたら）

足が勝手に動いて、奥へと向かっていく。

近づくと、足をM字に開いた由佑子が丸々とした尻を剥きだしにして、オシッコをしている後ろ姿が見えた。

紺色のモンペと白いパンティが膝までさげられ、肉感的な尻たぶの割れ目が見え、一筋の小水が斜め前に向かって放物線を描いている。

気配を感じたのだろう、由佑子が後ろを振り返り、

「ああん、もう……」

眉根を寄せ、また前を向く。

いったん迸《ほとばし》った小水は、意識的には止められないのだろう。シャーという放出音とそれが地面を打つ音が交錯し、

「ぁあああん、来ないでと言ったのに……ぁあああ……」

由佑子は顔をのけぞらせて、ぶるぶるっと小刻みに震える。

耕一郎が目をそらさなかったのは、由佑子が心底、放尿シーンを見られるのをいやがっているようには見えなかったからだった。

だいたい、ほんとうにいやだったら、家まで遠くないのだから、家のトイレでするだろう。

呆然として見ているうちに、放水がやんだ。

普通なら、さっとモンペをあげて立ちあがるだろう。だが、由佑子はまるで見られていることが快感とばかりに、自ら地面に四つん這いになって、尻を持ちあげた。

何か強いものが、耕一郎の背中を押した。

耕一郎はふらふらと近づいていき、ぷりっとしたヒップをつかんで、後ろに引き寄せた。

「ああ、恥ずかしいわ……」

そう口では言いながらも、由佑子はされるがままに腰を後ろに突き出している。その顔の少し向こうに、小水で黒ずんだ地面が濡れている。

うねりあがってくる尋常ではない欲望に耕一郎は戸惑っていた。

しかし、目の前のむっちりとした尻の肉感が、耕一郎の理性を押し流す。

這うようにして、尻の底に顔を寄せると、ふっくらとした肉厚の肉びらがわずかにひろがって、狭間の尿道口のあたりに小水の名残が溜まっていた。

柔らかそうな繊毛にも小水が付着して、きらきらと光っている。

たまらなくなって、耕一郎は静かに舐めあげた。いっぱい伸ばした舌が、小水の名残をすくいあげていき、

「んっ……！」

由佑子が腰をびくっとさせる。だが、いやがってはいるようには見えない。

(いいんだ。由佑子さんはむしろ、されたがっている。オシッコをして、俺を誘ったんだ……。そうか、きっと夫との間が上手くいっていないのだろう。さっき、ダンナのことを切り出したとき、由佑子さんの顔が曇った)

狭間に何度も何度も舌を走らせると、

「あああぁ……いいのよ……くっ、くっ……ぁああうぅぅ」

由佑子は喘ぎながら、くなり、くなりと腰を揺すりあげる。

足を肩幅に開いているので、膝にモンペがからみつき、その上方にむちむちっとしたハート形の尻たぶがあらわになっている。

しかも、ここは由佑子がみずから手がけているビニールハウスのなかなのだ。

都会では絶対にあり得ない状況に、耕一郎はひどく昂奮してしまった。

両手でぐいと尻たぶを開き、ひろがった恥肉を執拗に舐めるうちに、由佑子の腰の揺れが大きくなって、

「ぁあああ、あうぅぅ……」

両手を地面に突いて、腰をぐいぐいと突き出してくる。

その頃には、耕一郎のイチモツは痛いほどに力を漲らせていた。

由佑子はくるりと向き直って、前にしゃがんだ。

耕一郎を立たせて、ズボンの股間に手を伸ばし、いきりたっているものを情熱的にさすりあげる。

あれが漲る感覚が充満する。このままでは……。

耕一郎は思わず訊いていた。

「い、いいんですか？　ご主人は？」

「主人のことが気になりますか？」

「もちろん……」

由佑子が見あげて言う。バンダナを巻いたやさしげな顔が仄かに上気して、色っぽ

い。

「主人は、浮気しているんですよ」

由佑子が言う。やはり、事情があったのだ。

「……熱海は誘惑が多いですから。熱海の若い芸者で、ゆき乃《の》って言うんです。まだ、二十歳になったばかりで、デビューしたばかりの半玉《はんぎょく》さんに、主人はすっかり入れ揚げてしまって……」

「でも、ご主人はそんなことをするような人には見えなかったんですが」

「わたしももう三十六歳で、つきあって十年経ちますから……やはり、男性は若くて、何でもしてくれる子がいいんですよ。ゆき乃さんの写真を見たことがあるんですが、とってもかわいいから……最近は仕事だからと、こちらに帰らない日も多いんですよ」

そう言う由佑子の表情に翳《かげ》りがさした。

「あなたのようなステキな人がいながら……あり得ないですよ。由佑子さんは働き者だし、とても色っぽい」

「……そうですか？」

「ええ……モンペ姿で農作業しているところなんか、見ているだけで、もう……」

「でも、モンペよりも振り袖がいいんじゃありませんか？」

「そうでもないですよ。あなたのモンペ姿に大いにそそられます」

「それで、さっきもここを……？」

由佑子がちらりと見あげてきた。

「ばれていましたか？」

「はい……そうでなければ、お尻なんて見せられませんよ」

由佑子は耕一郎のズボンに手をかけて、ブリーフとともにおろした。

転げ出てきたイチモツを見て、由佑子がハッと息を呑むのがわかった。

「お元気だわ。それに赤銅色に輝いて……」

鋭角に持ちあがった肉柱をおずおずと握ってきた。

「それは……きっと、さっき由佑子さんのオシッコを舐めたからですよ。動物のオスはメスのオシッコに発情するらしいです」

「恥ずかしいわ……お返しです」

由佑子がそっと顔を寄せて、亀頭部をつるっと舐めた。

「くっ……！」

快感に、耕一郎は呻く。

すると、由佑子は尿道口をねっとりと舐めはじめた。

きっと、これがさっき由佑子のオシッコを舐めとったことへのお返しなのだろう。

「ふふっ、オシッコの味がするわ」

上目づかいに耕一郎を見て、由佑子は尿道口を集中的に舌でいじりながら、茎胴を握りしめて、ゆったりとしごいてくる。

刺激的すぎた。

下を見れば、ぷりっとした尻が剝きだしで、尻たぶの割れ目さえ見えるのだ。

そんな恥ずかしい格好を厭《いと》うことなく、由佑子は情熱的に舐めてくれる。

ますますギンとしたイチモツを下腹に押しつけるようにして、裏筋の発着点にちろちろと舌を走らせる。

急所を丹念に舌でなぞられ、弾《はじ》かれると、ぞわぞわっとした昂奮の波が起こり、本体がびくびくっと頭を振った。

由佑子が顔を横向けて、裏筋を舐めおろし、根元から舐めあげてくる。

その間も、ぷりっとした尻が丸見えで、その雄大なヒップを、ビニールハウスに充満した光が白く浮かびあがらせている。

由佑子は根元からツーッと舐めあげて、上から頰張ってきた。

禍々《まがまが》しいほどにいきりたつものに唇をかぶせて、静かに根元まで咥え込んでくる。

「ぐふっ、ぐふっ……」

喉に亀頭部が触れたのか、由佑子は噎《む》せた。それでも、吐き出そうとはせずに、もっとできるとばかりにさらに深く頬張ってきた。

(おおぅ、ここまでしてくれるのか……!)

由佑子の唇がもじゃもじゃの陰毛に触れている。

その状態で、勃起をチューッと吸われて、

「くっ……あっ……!」

耕一郎はもたらされる歓喜に、天を仰いだ。

眩《まぶ》しい。

細めた目に、ビニールハウスの枠組みのパイプと、陽光が降り注ぐビニールの煌《きらめ》きが飛び込んできた。

その間も、ふっくらとした柔らかな唇が硬直にからみつきながら、すべり動く。圧迫感がちょうどいい。しかも、由佑子の唇は大きめで、肉厚だ。

由佑子は耕一郎の腰に手を添えて引き寄せながら、ゆったりと大きく唇をすべらせる。

するると、勃起がますます力を漲らせながらも、蕩けていくような圧倒的な快美感が育ってきて、耕一郎は思わず目を閉じる。

ビニールハウスのなかは暑く、むしむしとして、いつの間にか汗が滲んでいた。額に噴き出した汗の粒がツーッと伝い落ちる。

それをタオルで拭《ぬぐ》い、また天を仰ぐ。

そのとき、由佑子のしなやかな指が根元にからみついてきた。

ぎゅっぎゅっと力強くしごかれ、それと同じリズムで余った部分を唇でスライドされると、足踏みしたくなるような快感がひろがってきた。

「ぁああ、ダメだ。出そうだ」

訴えると、由佑子はちゅるっと吐き出して、

「後ろから、ちょうだい……」

地面に四つん這いになった。

めくれあがったTシャツと押しさげられたモンペの間から、ぷりっとしたナマ尻がこぼれている。

「主人のことは気にしないで……いいから、ちょうだい……わたし、発情しているの。お願い……」

普段の穏やかな由佑子からはとても想像できないことを口に出して、ぐいっと尻を突き出してきた。

耕一郎は真後ろに片膝を突き、いきりたつものを押し当てて、尻たぶの間をなぞる。ぬるっ、ぬるっとイチモツが濡れた溝を擦りあげていき、

「ぁああ、ああうぅ……焦らさないで」

由佑子が物欲しげに腰をくねらせる。

耕一郎は切っ先を尻たぶに沿っておろしていき、それが落ち込んでいる箇所にゆっくりと腰をせりだしていく。

潤みきった入口を切っ先が押し開き、

「あっ……！」

由佑子の腰が一瞬、前に逃げた。

「……ゴメンなさい。こういうことは初めてだから……してください。もう気持ちは固まっていますから」

由佑子が訴えてくる。

Tシャツからのぞくウエストをつかみ寄せ、徐々に進めていった。

しっかりとホールドしてくる膣を感じながら、押し進めていくと、イチモツがぬる

ぬるっと嵌まり込む確かな感触があって、

「くうぅ……！」

由佑子がTシャツの背中を一瞬、縮こまらせた。さらに奥まで届かせると、

「ぁあああ……！」

今度は背中を反らせて、バンダナの巻かれた頭を撥ねあげる。

素晴らしい締めつけだった。

内部のとろとろに蕩けた粘膜がざわめきながら、硬直にからみついてくる。

耕一郎は打ち込んだまま動きを止めて、膣のうごめきを味わい尽くした。

入れているだけなのに、全体がぎゅ、ぎゅっと締まって、屹立を奥へ奥へと吸い込もうとする。粘膜がくいっ、くいっと動いて、その収縮が手に取るようにわかる。

（ぁああ、すごい名器だ……ここの村の女はみんな、名器なのか？）

多分、小さな頃から野山を駆け巡っていて、おのずと足腰が鍛えられ、女性器の締めつけも強くなるのだろう。

「ああ、焦らさないで」

由佑子が這ったまま、身体を前後に揺らして、抽送《ちゅうそう》をせがんでくる。

自分から求めてくるその姿に昂奮して、耕一郎は慎重に後ろから突く。

包容力があって、肉襞《にくひだ》がまったりとからみついてくる感じで、ゆったりとしか突けない。

粘着力が強く、ゆっくりとした動きでも、充分に気持ちがいい。

ふっくらとして柔らかな肉土手が、男のものにからみつき、とらえて離さない。

抜き差しを繰り返すと、ますます粘膜が馴染んできて、具合がいい。そして、由佑子は背中を弓なりに反らせて、

「あんっ……あんっ……ぁあああ、硬いわ。高柳さん、硬い……信じられない。そのお歳で……お若いわ」

うれしいことを言う。

お世辞かもしれない。

由佑子は、この村の男の人口を増やす運動を進めているようだから、きっと耕一郎をこの村に住まわせようという考えもあるのだろう。

だが、それでもいいではないか？　こんな素晴らしい誘惑なら、甘んじて受けよう。

「お若い」と言われて、それを証明したくなった。

耕一郎は右足を大きく踏み越して、動きやすいようにする。その姿勢で、ぐいぐいと肉棹を突き入れていくと、切っ先が奥のほうまで潜り込んでいき、

「ぁあんっ……！　ぁああんん……あんっ、あんっ、あんっ……ぁあああ、突き刺さってくる。お腹に……ぁあああうぅぅぅ」

由佑子は土を掻きむしるようにして、顔をのけぞらせる。

打ち込むたびに、突き出された豊かな尻に下半身がぶち当たって、その柔らかく弾む肉感が心地よい。

大きな尻はバックからすると、押し返してきて、その感触がたまらない。

ぶわわん、ぶわわんと弾む尻の感触と、蕩けた膣を抜き差しするイチモツの快美感がない交ぜになって、耕一郎は桃源郷《とうげんきょう》に押しあげられる。

まだ、射精したくはない。

しかし、プチトマトが一面に栽培されたビニールハウスで、モンペ姿の人妻を後ろから犯しているという刺激的すぎる状況が、耕一郎をいっそう駆り立てている。

「ああ、ダメだ、出そうだ！」

思わず訴えると、

「ぁああ、ちょうだい。ください……いいのよ、出して……いいのよ」

由佑子は両肘を突いて、姿勢を低くし、尻だけを高々と持ちあげた格好で、せがみながら、ぐいぐいと尻を突き出してくる。

「おおぅ、たまらん……！」

銀杏《いちょう》の葉っぱのように急峻なひろがりを見せる尻たぶを、撫でまわした。

温室のビニールハウスのせいか、尻は汗ばんでいて、そのぬるぬるした感触が耕一郎を高みへと引きあげる。

パンパンパンと叩きつけた。

「あん、あんっ、あんっ……ぁああ、来るわ、来る！」

「おおぅ、イッてください。出しますよ」

「ぁああ、ちょうだい……！」

耕一郎が腰を突き出したとき、

「くっ……！」

由佑子はグーンと背中を反らせる。

それを見て、耕一郎も自制心を解き放った。

猛烈な噴出を感じながらも、由佑子の腰をつかんで、引き寄せる。

「ぁあああ、来てるわ……来てる……ぁあああ！」

由佑子はのけぞりながらも、注ぎ込まれる精液を受け止めている。

3

二人は収穫した野菜を籠に入れて、家に入った。

「汗をかいたでしょ？　お風呂に入ってください」

由佑子が言う。

「いや、でも……」

「いいんですよ。うちはガス風呂ですから、すぐに沸きますので。それに、うちの風呂はとても景色がいいですよ」

「そうなんですか？」

「ええ……うちはお隣さんと離れているので、覗かれる心配はありません」

「では、ぜひ、使わせてください」

「少し、待っていてくださいね」

そう言って、由佑子は離れにある風呂場に向かった。

（……愉しみだ。由佑子さんも一緒に入ってくれればいいんだが……）

耕一郎は縁側に座る。

（しかし、すごかったな……）

ビニールハウスでの汗まみれの情交がよみがえってきて、また下腹部のものが力を漲らせる。

この村に来てから、自分が随分と若返ったような気がする。

由佑子は夫が熱海の半玉と浮気をしていて、きっと寂しかったのだろう。あの熟れた肉体では、我慢できなかったに違いない。

それに、由佑子はこの村の男性の人口を増やす、婦人会のプロジェクトを担っているらしいから、お試し移住期間中の耕一郎に抱かれることによって、このまま移住させたいという意図もあったのだろう。

移住したいという気持ちが強くなった。

春のぽかぽかした日差しのなかで、にたにたと鼻の下を長く伸ばして日向ぼっこをしていると、身も心も満たされていく。

と、由佑子がやってきて、

「お風呂が用意できました。入ってください。さあ、遠慮なさらないで」

にっこりと笑いかけてくれる。

ついさっきその肉体を味わっているだけに、由佑子のモンペ姿を見るだけで、むら

むらしてきた。その気持ちを抑えて、

「では、使わせていただきます」

由佑子とともに離れに向かう。

庭の一角には農作業の道具を置いておく物置小屋と、駐車場に、木造の風呂場が設けられていた。

脱衣所で汗を吸った衣服に手をかけると、すぐ隣で由佑子も着ているものを脱ぎはじめた。

「わたしも一緒に……いけませんか？」

「いえいえ、むしろうれしいです。もう、最高ですよ」

この村ではいいことばかりが起こる。

「では、先に入っていてください」

由佑子が言う。

耕一郎はわくわくしながら、洗い場に向かう。

そこは、総檜《ひのき》の浴場で、四角く掘られた浴槽の向こうは大きな一枚ガラスが張られていて、遠くの山々が望める。

耕一郎はかけ湯をして、広い二人用の浴槽につかる。

ちょうどいい温度で、何より景色がいい。なかを覗かれないように生け垣があるが、その上方には里山の青空がひろがり、いくつかの山が穏やかな斜面を見せている。

（最高だ……！）

ちょうどいい温度のお湯を味わっていると、由佑子が入ってきた。

バンダナを外して、長い髪を後ろで引っ詰めにしている。

白いタオルで前を隠しているが、胸のたわわなふくらみはほぼ見えていた。それに、ぱんと張りだした腰と下腹部の翳りがちらちらと見え隠れしている。

由佑子はカランの前にしゃがんで、かけ湯をする。

肩からお湯をかけると、お湯が流れ落ちて、むっちりとしているがすべすべの肌を濡らした。

最後に由佑子は股間を素早く洗い、タオルで胸を隠しながら、浴槽につかる。

耕一郎の反対側に腰をおろし、肩にお湯をかけながら、ちらりと耕一郎を見る。

さっきこの三十六歳の女体を味わっているがゆえに、その仕草をいっそう色っぽく感じた。

透明なお湯から、乳房の肌色と頂上の突起が透けだしている。

真っ白だが、乳首だけは色づいて、それがお湯のなかで揺れているように見えた。

途端にイチモツが力を漲らせてきて、そこを手で隠した。

だが、由佑子にはそれがわかったのだろう。

お湯のなかをすっと白い足が伸びて、爪先が耕一郎の足の間に入り込み、イチモツに触れてくる。

「ふふっ……」

と、由佑子は艶めかしい笑みを浮かべつつ、足の指先を器用に動かして、肉棹をいじってきた。

その穏やかだが、どこか女の魔性を感じさせる表情と、足指の器用な動き……。

お湯のなかで、分身が頭部を擡げ、そこを親指と人差し指が挟みつけるようにしてなぞってくる。

さっき射精したことが信じられないほどに、耕一郎のイチモツはそそりたつ。

「すごい回復力だわ」

口角を吊りあげて、由佑子が広い湯船を近づいてきた。

立ちあがったとき、真っ白でたわわな乳房があらわになり、下腹部の濃い翳りから水滴がしたたっているのが見えた。

田舎の人妻の成熟した裸身に圧倒される。

由佑子が向かい合う形で、耕一郎の膝をまたぐようにして、しゃがんだ。

(ああ、すごいオッパイだ!)

目の前に、おそらくEカップはあるだろう乳房が息づいていた。衣服から出た部分は褐色に焼けているのに、お湯にコーティングされた乳房は真っ白で、しかも、青い血管が透け出るほどに肌が薄く張りつめている。

中心よりやや上にある乳首も大きめの乳輪も、子供を生んでいないせいか、びっくりするほどのピンクで、乳首がツンとせりだしている。

「触りたいですか?」

「ああ……」

「いいですよ」

由佑子が髪を撫でてくる。

耕一郎はおずおずと手を伸ばして、乳房をつかみ、その量感あふれる房の柔らかさを味わった。

頭を擡げているピンクの乳首を指でつまんで転がしながら、由佑子を見る。

「んっ……んっ……ぁあうぅ、気持ちいい……」

由佑子が顔をのけぞらせながら、そうせずにはいられないといった様子で腰を前後に振って、繊毛を擦りつけてくる。

柔らかな陰毛が肉棹に触れて、それがますますいきりたった。

乳房にしゃぶりつき、突起にちろちろと舌を走らせると、

「ぁあああ……気持ちいい……乳首が気持ちいい……ぁあぅぅ」

由佑子はしがみつきながら、尻を擦りつけてくる。

うねりあがる高揚感のなかで、耕一郎はさらに乳首を舌で上下に舐め、左右に弾く。

そうしながら、もう片方の乳房を揉みしだく。

「ああ、あああ……吸って、吸ってください」

由佑子が悩ましくせがんできた。

(こうか……こうか?)

いっそうしこって、硬くなってきた乳首を、耕一郎は思い切り吸った。存在感のある突起が口に吸い込まれてきて、

「ああああぅぅ……!」

由佑子がぎゅっと抱きつきながら、顔をのけぞらせる。

いったん吐き出して、唾液まみれの突起を舌先で打ちつけるように、ちろちろと舐めた。

「ぁあああ、これが欲しい」

由佑子がお湯のなかで、屹立を握ってきた。

うねりあがる快美感のなかで、耕一郎はまた乳首を吸う。

チュッ、チュッ、チュッと断続的に吸い込むと、

「あっ……あっ……あっ……」

由佑子は声をあげながらも、これが欲しくてたまらないといった様子で、屹立を握りしごいてくる。

もう我慢できなかった。

咥えてほしくて、浴槽の縁に腰をおろした。

イチモツはお湯で温められて、赤銅色に染まり、自分でも惚れ惚れするほどに逞しくいきりたっている。

ちらりとそれを見た由佑子は半身をお湯につけたまま、足の間にしゃがんだ。

咥えるのかと思ったが、ぐっと胸を寄せてきた。

そして、お湯でコーティングされた豊かな乳房で、屹立を挟み、左右からふくらみを真ん中に寄せるようにして、揉んできた。

「おおぅ、信じられない……！」

パイズリをされるのはいつ以来だろうか？　確か、十年ほど前に、巨乳のソープ嬢にやってもらった記憶があるが……。

お湯のしたたる乳房は、それが温められているせいもあるのだろう。柔らかく、ぐにゃりぐにゃりと硬直にまとわりついてきて、これ以上の快感があるとは思えない。

しかも、それをやってくれているのは、農家の美しく熟れた人妻なのだ。

「ああ、天国だ！」

思わず言うと、由佑子は見あげてうれしそうな顔をした。

それから、顔を寄せて、頬張ってきた。

ねっとりとした舌が縦横無尽に動いて、いきりたちを頬張り、吸ってくる。

チューと吸われて、頬がぺこりと凹《へこ》む。

その状態で顔を傾けて、打ち振ってくる。

ハミガキフェラだ。

亀頭部が頬の内側を擦って、それが気持ちいい。

由佑子の穏やかな顔が、今は頬がオタフクのようにふくらんでしまっている。由佑子だって、自分がどんな顔をしているかわかっているはずだ。

なのに、それを厭うことなく、ゆったりと顔を打ち振って、ハミガキフェラしてくれている。

「由佑子さん、入れたくなった」

言うと、由佑子はちゅるっと吐き出して、浴槽を出た。

4

バスマットの上に、耕一郎は仰向けに寝かされていた。

そして、生まれたままの姿の由佑子が、下半身にまたがってきた。

蹲踞の姿勢で、そそりたつものを導いて、濡れ溝に擦りつけ、

「うちの村に居ついてくださいね」

懇願するような目で耕一郎を見る。

「……ああ、移住するよ」

まだはっきりと決めたわけではない。だが、耕一郎は挿入したくて、思わずそう答えていた。

「絶対ですよ」

「ああ……」

「約束ですよ」

「ああ、約束する」

そう答えて、耕一郎は下腹部をぐいぐいと突きあげる。

「ふふっ、お若いんですね。さっき出したのに、こんなに硬くして……」

満面に笑みを浮かべて、由佑子が沈み込んでくる。熱い滾りが硬直を包み込んできて、

「ぁあうぅぅ……！」

由佑子は顔を撥ねあげる。

それから、両足を開いたまま、腰を上下に振った。スクワットでもするように腰を軽々と縦に動かしては、

「いい……いいの」

由佑子は眉を八の字に折る。

すでに、髪は解けていて、たわわな乳房が揺れている。濃い翳りの底に、イチモツが嵌まり込んでいて、由佑子が腰を上下動させるたびに、蜜まみれの肉の柱が見え隠れする。

農作業で足腰が鍛えられているのだろう。

由佑子は両手を膝に突いた姿勢で、普通はつらいだろうスクワットを楽々とこなす。しかも、おろした途端に腰をまわして、肉棹を揉みしだいてくる。

「気持ちいいですか？」

腰をグラインドさせながら、上から見つめてくる。

「ああ、気持ちいいよ……」

「これはどうですか？」

由佑子は前屈みになって、両手を胸板に突き、腰を上げ下げしつつ、大きくまわす。

「あうぅ……折れてしまうよ」

奥歯を食いしばったとき、由佑子が顔を寄せてきた。キスされていた。

ふっくらした唇を押しつけ、舌をからめてくる。そうしながら、由佑子は腰をつかう。

キスされながら、ぐいぐいと腰を振られると、甘い陶酔感が逼迫《ひっぱく》したものに変わった。

由佑子はそうしながら、耕一郎の乳首をつまんでくりくりと転がす。

いったい、何箇所攻められているのか？　その複合的な快感が混ざり合いながら育ってくる。

さっき、移住すると宣言したので、きっとサービスしてくれているのだろう。

いや、そういう問題ではないのかもしれない。そういうこと以前に、由佑子は性的に貪欲なのだろう。

その肉感的な身体に秘めているものをぶつけるようにして、腰を振り、舌をからめてくる。

女という生き物にからまれている感じだ。すべてを吸いつくされているような至福に満たされている。

そのとき、射精の兆《きざ》しを感じた。

これまで、耕一郎は童貞を捨てたときから、四十年近くも女性上位では射精したことがなかった。

なのに、今、甘ったるい至福が下半身を満たし、それがどんどん逼迫してくる。

(もしかして、出すのか？)

さっき射精して、まださほど時間は経っていない。若い頃ならいざ知らず、まさかこの歳で……？

だが、絶頂は確実に近づいてくる。

「あああ、あああ……気持ちいい……気持ちいいの……」

由佑子がますます強く腰を打ち振った。

「由佑子さん、まさかのことが起きた。出そうなんだ。また、出そうなんだ」

耕一郎は訴える。

「そうなんですか？」

「ああ、そうなんだ。さっき出したのに、また出そうなんだ。すごいよ、由佑子さん、すごいよ……」

「ぁああ、うれしい……出してください。出していいのよ……ぁあああ、わたしも、わたしもイキそう」

由佑子は上体を立てて、腰を上下に打ち振る。

まったりとした膣が締まりながら、肉の柱をしごきあげてくる。

「あっ、あっ……あんん、ああんん……」

腹の上で跳びはねる由佑子の乳房がぶるん、ぶるるんと豪快に波打っている。

「くうぅ、ダメだ。出そうだ。出る……！」

「ぁあああ、ください……欲しい。欲しい……ぁあああ、わたしもイキます！」

「おおぅ、イケぇ！　おおぅ、出るぞ！」

最後は自分からも突きあげていた。いきりたつものが由佑子の体内を深々とえぐり

たてたとき、

「ぁあああ！」

断末魔の声をあげながら、耕一郎は放っていた。

目眩《めくるめ》くとはこういうことを言うのだろう。

瞼《まぶた》の裏で何かが光り、脳天に響くようなツーンとした射精感が背筋を貫く。

二度目のせいか、あまり量は出ない。だが、放つときの強烈さは一度目の射精を超えていた。

由佑子も気を遣ったのだろうか、放ち終えると、ぐったりと覆いかぶさってきた。

「お強いわ。二度も……」

耳元で囁く。

「ああ、自分でも信じられないんだ」

「ふふっ、高柳さん、断然ここに移住なさったほうがいいわ」

そう言って、由佑子が髪を撫でてくる。

「そうみたいだね。ここの村の水が合うらしい」

耕一郎が顔を横向けると、水滴のついた大きなガラスの向こうに、春の雲をたたえた青空と、ゆるやかな傾斜の山々がひろがっていた。

第四章　ふしだらな訪問者

1

耕一郎はもうほとんどこの村に移住することを決めていた。

何が決め手かというと、それは女性だ。

この村の女は抱かせてくれる。

もちろんその理由の半分以上は、耕一郎をこの村に住まわせるためだ。そんなことはわかっている。

もしかしたら、移住してきた途端に、手のひらを返したように冷たくなることだってあるかもしれない。しかし、そんなに多くの女性とセックスしていたら、耕一郎の体だって持たない。たまに、抱かせてくれればいいのだ。

それに、一度でも身体を合わせた女は、逢っているだけで、男は癒される。

(プラトニックな部分は、清香さんがいるからな)

彼女とどうにかして……と恋心を燃やすだけでも、第二の人生は充実したものになるだろう。

お試し移住の期間もあと十日で終わりというときになって、ケータイに電話があった。

液晶画面を見ると、『矢島玲奈《やじまれいな》』という名前が出ている。

矢島玲奈は耕一郎が勤めていた商社のＯＬだったが、耕一郎が退職するだいぶ前に、会社を辞めていた。

その名前を見て、一瞬、顔が引き攣《つ》ってしまったのは、たった一度だけ、玲奈と過《あやま》ちをおかしたからだ。耕一郎の最初にして最後の社内不倫だった。

(どうして、矢島玲奈が？)

電話に出ると、

「高柳耕一郎さまで間違いないですね？　課長、わたしです。矢島玲奈です」

玲奈の懐かしい声が聞こえて、耕一郎はドキドキしてしまう。心の動揺を抑えて、わざとぶっきらぼうに応答する。

「ああ、玲奈さんか？　どうした？　俺なんかに何の用だ？」

「あらっ、冷たいですね」

「いや、そうじゃなくて……びっくりしたからさ。何だ？」

「……じつは、わたし、今、ヘッドハンティング、つまり人材スカウト会社に勤めているんです」

初耳だった。

「ほお……だけど、俺はもう引退して、田舎に移住しようとしてるんだぞ」

「わかっています。調査済みです。課長が……いえ、高柳さまがお試し移住で、中伊豆のとある村にいらっしゃることは」

「……さすがだな。前から、きみの情報収集能力はずば抜けていたものな」

「ふふっ、ありがとうございます」

「で、用件は？　まさか、俺をスカウトしようってわけじゃないよな？」

「その、まさかです。高柳さまにぴったりの職があるので、スカウトしたいんです」

その降って湧いたような話には驚いた。これが、求職しているときなら、ありがたい話だ。しかし、自分はもう引退して、第二の人生に踏み出そうとしているのだから。

「もう少し前に聞きたかったな。残念だけど、もうその気はないんだ」

「とにかく、明日にでもそちらにうかがわせていただきます」

「おいおい、やけに強引だな……来てもらっても、無駄足になるだけだよ」

「では、聞くだけでも聞いてもらえませんか……？　いい仕事ですよ。高柳さんにぴったりの……ある会社に部長待遇でお迎えしたいんです」

　玲奈がまさかのことを言った。

「……部長待遇？」

「はい……しかも、将来性のある優良企業です。詳しいことはお逢いしたときに……明日、お時間はおありですか？」

「……まあ、ないことはないが……」

　部長待遇と聞いて、気持ちが少しだけ揺らいだ。

「では、明日の午後一番でそちらにおうかがいしても、よろしいでしょうか？」

「だけど、うちがわかるの？」

「はい、すでに調査済みです。では、明日おうかがいします」

「いや、無理だって……あっ」

　ケータイが切られた。

（優良企業の部長待遇……？　しかし、俺はもう六十一歳なんだぞ……何が起こって

いるんだ)

耕一郎はしばらく、ぽかんとしていた。

2

翌日、早めに昼食を摂《と》り終えた耕一郎が、家で待っていると、

「ごめんくださいい! 矢島ですが」

玲奈の声がする。

玄関を開けると、玲奈が立っていた。

きりっとしたビジネススーツと、ふわっとしたウエーブヘアは以前と変わらない。

だが、あふれでる色気が全然違った。

玲奈が退職してから逢っていなかったから、三年ぶりになる。元々すらりとした抜群のプロポーションをしていたが、以前はスレンダーすぎた。

それが今は、スーツを押しあげる胸は充実しきっていて、膝上のスリットの入ったタイトスカートがむっちりとした豊かなヒップを包んでいた。この田舎にはふさわしくないハイヒールが長い足をいっそう長く見せている。

玲奈はちょうど三十歳のはずだ。女性にとって、この年頃の三年は大きく変わる時期なのだろう。

「どうなされました？　見すぎですよ」

玲奈が口角をきゅっと吊りあげた。

以前はととのってはいたが、美人ゆえの冷たさのようなものが感じられた。それが今はなくなって、優美さが勝っている。

「申し訳ない。随分と色っぽくなったから、びっくりしてしまって……」

「それ、セクハラですよ。気をつけてください」

「ああ、そうだったな」

「田舎ボケされたんじゃないですか？」

雰囲気はやさしくなったが、舌鋒の鋭さは相変わらずだった。

「キツいな……入って」

玲奈を招き入れる。

逢う前はきっぱりと断るつもりだったのに、そのキャリアウーマン的なきりりとした色気にあてられてしまったのか、気持ちが早くも揺らぎはじめた。

すでに居間の炬燵はしまって、畳の上に座卓が置いてあった。

「ここは、古民家をリフォームしてあるんですね？　すごく落ち着きますね……この柱なんて、つるつるだわ」

玲奈が太く黒ずんだ柱を触って、目を輝かせた。

（おっ、意外と気に入ってるじゃないか？）

耕一郎はうれしくなって、言う。

「そうだろ？　以前はここに囲炉裏《いろり》があって、その煙に燻《いぶ》されて、こういう色になったらしいんだ」

「古民家も悪くはないですね」

そう言って、玲奈は黒ずんだ柱を撫でる。

「いい感じだわ。ほんとうにつるつる……」

ピンクのマニキュアされた長い指で黒ずんだ柱をなぞっているところを見ると、ついつい、その同じ指でイチモツを手コキされたことを思い出して、下腹部がぞろりとざわついた。

（いかん、いかん……これから、断るんだから）

耕一郎は自分を戒める。

それでも、家を見せてほしいと言うので、もしかして、玲奈も案外田舎暮らしに興味があるんじゃないかと思って、家中を案内した。

「この階段は？」

玲奈が指さして、訊いてきた。

「ああ、二階と言うか、天井裏にあがる階段だよ」

「見たいわ」

「いいけど……」

おそらく、本題に入る前に、しばらくぶりに逢った耕一郎と触れ合って、懐柔するつもりなのだろう。それがわかっていて、ついつい乗ってしまう。

「先にあがっていいですか？」

「ああ、どうぞ」

玲奈が急な木の階段を昇っていく。

落ちないように、慎重に階段を手でつかまりながらあがっていくのだが、膝上のタイトスカートの後ろに深いスリットが入っているので、隙間から、むっちりとした太腿の内側が見えた。

黒の透け感のあるパンティストッキングを穿いているらしく、透け出している内腿の肉感がたまらなかった。

もう少しで、パンティまで見えそうだ。その見えそうで見えないところが、耕一郎のスケベ心をかきたてる。

もともと女好きではあったが、この村に来てから、ますますスケベ心に拍車がかかったような気がする。

しかも、耕一郎は一度だけだが、玲奈を抱いたことがある。

当時のことを思い出してしまい、今マズい状態に陥《おちい》りつつあるのを感じた。

それを抑えて、屋根裏にあがった。

高山の合掌造りを意識して改築された三角の屋根裏には、大きな窓から春の陽光が射し込んでいて、幻想的でさえある。

「窓からの景色が素晴らしいわ」

玲奈が窓辺に立って、外を眺める。

「ああ、こういう景色を見ると、田舎に住んでみたくなるだろ？」

耕一郎もすぐ隣に立って、里山の景色を眺める。菜の花がところどころに咲いていて、その黄色が美しい。

「課長……二人の間では、そう呼んでいいですよね？」

玲奈が耕一郎を見た。

「あ、ああ……二人だけのときだったら」

「あのときも、ホテルのベッドで、わたし課長って呼んでいましたね」

玲奈が艶《なま》めかしい目を向けてきた。

あの頃、玲奈は耕一郎の部下だった。そして、玲奈が部長から、仕事のことで叱責を受けたことがあった。

それは、玲奈が有能すぎたゆえに、部長に楯突いた結果になっただけで、玲奈に悪いところはひとつもなかった。

玲奈の落ち込みようを見ていられなくなって、会社が終わってから、一緒に酒を呑んだ。

つきあっているうちに、玲奈はぐでんぐでんに酔っぱらって、介抱しているうちに妙な気分になり、二人でホテルに行った。

部屋に入るなり、玲奈は抱きついてきた。

『課長、わたし、おかしくなってる』

そう言って、玲奈に股間をまさぐられると、わずかに残っていた理性が粉々に吹き飛んだ。

そうでもしないと、部長への苛立《いらだ》ちを解消できなかったのだろう。

当時、玲奈は二十七歳で、今よりもスレンダーだったが、スタイルは抜群だった。

その肢体を愛撫し、貫くと、玲奈は狂ったように腰を振り、

『課長、わたし、またイク……イッちゃう！』

と、幾度となく昇りつめた。

その夜のことは、今でもはっきりと覚えている。

だが、それを認めてしまっては、玲奈の術中に嵌《は》まる。

「……あのことは、もう忘れたよ。そんなこともあったかなって感じだな」

耕一郎は冷たく、突き放した。

「課長、ひどいわ……そんな言い方……」

途端に、玲奈が悲しそうに顔をしかめ、唇を嚙んだ。

「課長、誤解なさってるんだわ。わたしが色仕掛けで課長をスカウトしようとしてるんだって、思ってるんでしょ？」

玲奈が耕一郎を見た。

アーモンド形の目に、うっすらと涙が浮かんでいる。

男は女の涙に弱い。とくに、玲奈のような気の強いキャリアウーマンの涙は、ズンと胸に響く。

「そうじゃないのに……課長、女心がわかっていないんだわ」

玲奈は伏目がちに言って、耕一郎の胸に飛び込んできた。

「……悪かったな」

情にほだされて、思わずそう答えていた。

「わたしは仕事のために男と寝るような女じゃないのよ。これまでも、そうだったでしょ？　違う？」

玲奈が下から見あげてくる。

柔らかく波打つ髪が、きりっとした顔立ちに優美さを加えていた。

「わかっているさ、もちろん……」

「課長にお逢いできることを、すごく愉しみにしていたんです。よかったわ。課長、もっとお歳を召されているかなと思ったけど、まだお若いわ」

「そうか？」

「ええ……」

玲奈が目を閉じて、顎を持ちあげた。

キスしてほしいのだろうと思って、唇を寄せると、玲奈は両手で耕一郎の頭をかき抱くようにして唇を合わせてくる。

あのときも、情熱的なキスに驚いたものだが、今はそれに輪をかけて、キスに巧みさが加わっていた。

玲奈は耕一郎の白くなった髪を撫でながら、ついばむようなキスを浴びせ、舌を使って誘ってくる。

甘い吐息とともに、なめらかな舌で唇の内側をくすぐられ、舌をねっとりと舐められると、股間のものが一気に力を漲《みなぎ》らせてきた。

と、それを感じたのか、玲奈の手がおりてきて、イチモツをなぞってくる。

「んんんっ……んふっ、んふっ……」

くぐもった吐息とともに、ズボンの股間を情熱的に撫であげられ、耕一郎も自分から玲奈の口腔を舌でまさぐっていた。

「んんっ……んんんんっ……ぁあぁぁ」

玲奈は艶めかしい声を洩らしながら、くなり、くなりと腰を揺らめかせる。

いきりたちをさすりあげられ、濃厚なキスを受けると、耕一郎の抱いていた警戒心が見事なまでに消えていく。

次の瞬間、玲奈の身体が沈んだ。

ズボンのバックルをゆるめ、そのまま膝まで押しさげる。

耕一郎の視線を感じたのか、玲奈が見あげながら、股間のふくらみを手でなぞりあげてくる。

いつの間に外したのか、ブラウスのボタンが上から二つ外れていて、はだけた襟元から、丸々としたふくらみが、たわわな球体をのぞかせていた。

(これはどう見ても、誘っているだろう？　身体で落として、俺を……！)

だが、いきりたつものを情感たっぷりになぞられ、握ってしごかれると、そんなことなどどうでもよくなってしまう。

(ダメだ。女の誘惑には勝てない……！)

ブリーフが押しさげられ、イチモツが転げ出てきた。

屋根裏の大きな窓から射し込んだ春の陽光が、剝きだしにされた肉の棹を白く浮かびあがらせる。

玲奈がうれしそうに見あげてきた。

「課長のここ、あの頃と全然変わらない。ううん、むしろ、元気だわ」

「きっと、田舎に来て、ストレスから解放されたんだよ」

「そうかしら？」

「そうだよ」

「そうでもないと思うけどな……今度、東京に戻って試したらいいわ」

玲奈は悩ましく髪をかきあげて、すっと顔を寄せてきた。

春の光のなかでいきりたつものを握って、先端に舌を伸ばした。

尿道口に沿って舐めあげ、乱れた髪をかきあげながら、下から耕一郎を見あげてくる。

艶めかしすぎた。

髪をかきあげる仕草が、これほど似合う女はいない。

尿道口をかわいがるようにちろちろちろっとくすぐってくるその舌づかいがたまらない。

イチモツがますますギンとしてくると、その浮き出た血管に沿って、ちゅっ、ちゅっとキスを浴びせ、舌をねっとりとからませてくる。そうしながらも、上目づかいに耕一郎を見あげつづけている。

三年前とは比べ物にならないくらいに、舌づかいが上達していた。

あのときは、ひたすら唇と指でしごくだけで、こんなにねっとりと舌を使うことはなかった。

転職して、今はヘッドハンティングの会社で活躍しているのだから、きっと、その間にセックス面でも鍛えられたのだろう。

玲奈は勃起を舌でなぞりながら、皺《しわ》袋を手であやしてくる。

睾丸をもてあそぶように持ちあげ、さすり、上からイチモツを頬張ってきた。

一気に根元まで咥え込み、チューッと吸ってくる。

「おっ、あっ……」

耕一郎は快感に酔いしれる。

真空になった内部に、勃起が吸い込まれていくのがわかる。しかも、玲奈はくちゅくちゅとなかで、舌をからませてくるのだ。

かるく顔を振ると、ぐちゅぐちゅといやらしい音がして、柔らかな唇が勃起の表面をすべり動く。

突き出した唇には、濃い赤のルージュが光っていて、そのふっくらした唇が勃起にからみつきながら、行き来する。

しかも、玲奈は手を休めることなく、右手で皺袋をやわやわとあやしつづけているのだ。

これ以上の至福があるとは思えない。

玲奈は右手で根元を握って、余っている部分を頬張ってくる。

「んっ、んっ、んっ……」

くぐもった声を洩らしながら、小刻みに顔を打ち振る。

柔らかなウエーブヘアが揺れて、唇が敏感な箇所を適度な圧力でもって締めつけながら、なめらかにすべり動く。

目を細めて、外を見た。

田舎の春の陽光が眩しい。

下腹部からは、快感がどんどんふくれあがってきて、射精前に感じるあの甘い陶酔感が急激にせりあがってきた。

「あっ、くっ……ダメだ。出てしまうよ」

思わず訴えると、玲奈はちゅぱっと吐き出して、立ちあがった。

光が降り注ぐ窓の下の桟《さん》に手を突き、ぐいと腰を後ろに突き出してくる。

「課長、舐めて……あのときのように……」

耕一郎を振り返って、せがんできた。

クンニしたい。挿入もしたい。だが、その前に断っておきたいことがある。

「……したからと言って、その、部長待遇とやらを受け入れるわけじゃない。そのへんは、いいね？」

「もちろん……さっきも言ったでしょ？　それとこれとは別よ」

「ああ……」

「ああ、早くぅ……」

玲奈がもう我慢できないとでも言うように、腰をくねらせた。

耕一郎は後ろにしゃがんで、スリットの入ったスカートをまくりあげる。

びっくりした。

黒のパンティストッキングを穿いているのだと思っていたが、違った。玲奈は太腿までのストッキングを穿いていて、大きなヒップは黒い総レースのハイレグショーツに包まれていた。

二等辺三角形に伸びた足は長く、すらりとしていて、その脚線美を余すところなく伝えてくる。

顔を寄せたとき、二度目の驚きがあった。

割れているのだ。

黒いレースのパンティは肝心なところがぱっくりと割れていて、そこから、ぷりっとした尻と淡い色の雌の花がのぞいているのだ。

（これは、確かオープンクロッチパンティ……）

耕一郎は繊維関係の商社に勤めていたので、輸入ランジェリーも扱っていたことがある。だから、女性の下着の種類などもだいたいわかっている。普段はこんな下着はつけてないけど」

「恥ずかしいわ……課長のために穿いてきたのよ。

玲奈が耕一郎を振り返って言った。

（そうか、俺のためにわざわざ、こんなセクシーな下着を……もしかして、玲奈はほんとうに俺が忘れられなくて、抱かれにきたんじゃないか？）

女性が自分のためにセクシーランジェリーをつけてきてくれたことは、大いにうれしい。

真後ろにしゃがんで、尻たぶを開くと、黒いパンティも左右にひろがって、その間から、かわいらしいアヌスの窄まりと、花開いた女の秘苑があらわになった。

（これは、すごい……！）

満遍《まんべん》なく肉をたたえたぷりっとした尻たぶの底で、ふっくらとしたいかにも具合の良さそうな肉びらがひろがり、濃いピンクの内部がぬらぬらとぬめ光っている。

その淫らで華《はな》やかな花芯に吸い寄せられるように、顔を寄せた。

ぬるっと下から舐めあげると、

「ああっ……！」

玲奈がのけぞった。

わずかに酸味の感じられる陰唇に貪りついていた。

耕一郎は、玲奈がクンニの際に、花芯を吸われると感じることを思い出していた。

ちゅーっと全体を頬張るように吸いあげると、

「ぁあああ、それ……あんっ……ぁあああ、ぁあああああ、吸わないで……課長、それ以上吸わないで……ぁああああああ」

玲奈は窓ガラスに手を突いて、大きく背中を反らせる。

感じているのだ。やはり、三年前の性感帯は今も生きている。

耕一郎はいったん吐き出して、狭間を舐めた。分泌液を滲ませている粘膜を舌でなぞると、

「あっ……ぁあああ、いいのよぉ」

玲奈は窓を掻きむしって、訴えてくる。

(確か、ここを吸われると、いちばん感じるんだったな)

姿勢を低くして、笹舟《ささぶね》形の下にある小さな突起を舐めた。明らかにそこだけ尖って、硬くなっている箇所に舌を這わせ、吸った。

尖っているところを頬張るようにして吸い込む。チュ、チュッ、チュッと断続的に

吸ううちに、玲奈の腰ががくっ、がくっと震えはじめた。

「課長、覚えていてくれたのね。うれしい……ぁあああああ、それ……ぁああ、我慢できない。課長、玲奈、もう我慢できない。ちょうだい。ください……課長の硬いものを……ぁああ、もう、もうダメっ……」

玲奈は爪先立ちになって、内股になる。

耕一郎は後ろに立って、玲奈の背中を押し、尻を突き出させた。

スカートをめくりあげ、黒いレース刺しゅうのパンティをひろげる。

アドバルーンのようにひろがった尻の底に、慎重に押し込みながら、ウエストをつかみ寄せると、イチモツが温かい粘膜を押し広げていき、

「ぁああうぅぅ……！」

玲奈が窓枠をつかんだ。

「くっ……！」

耕一郎も奥歯を食いしばらなければいけなかった。玲奈の膣はうごめきながら、吸いついてくる。

（すごい……前より、ずっと具合がいい！）

見事にくびれたウエストをつかみ寄せて、ゆったりと腰を振る。

「ぁあぁ、あああぁ、気持ちいい……課長、気持ちいいの」

そう言う玲奈は、心の底から感じているように見える。

（そうか……やっぱり、玲奈は計算ではなくて、ほんとうに俺とセックスしたかったんだな）

それなら、もっと気持ち良くなってほしい。もっともっと感じさせたい。今の自分なら、それができる。

耕一郎は後ろから繋がりながら、玲奈のスーツの上着を肩からおろして、脱がせた。

それから、ブラウスの胸ボタンをひとつ、またひとつと外していく。

スカートから裾を抜き取って、乳房をつかんだ。

黒いレース刺しゅうの入ったブラジャーがたわわなふくらみを包み込んでいる。じかに触りたくなって、カップを上にずらした。

まろびでてきた乳房を後ろからつかみ、やわやわと揉みしだく。

大きい。しかも、妙な言い方だが、当時よりも脂《あぶら》が乗っている感じで、揉んでいても気持ちいい。

ふくよかな乳肉に指が沈み込んでいく。

そこだけ尖っている突起を指に挟んで、くにくにと捏ねると、

「ぁああ、ああああ……気持ちいい。おかしくなる。課長、わたし、おかしくなる。ぁああ、突いて……思い切り突いて……！」

玲奈はぐいぐいと尻を突き出して、抽送をせがんでくる。

襞々の粘膜がからみついてきて、時々、きゅ、きゅっと内側へと肉棹を吸い込もうとする。

「くうぅ……すごい。玲奈のここは気持ち良すぎる！」

思わず言うと、

「ぁああ、うれしい……課長のおチンチン、硬いし、反りがちょうどいいの……あれから、ずっとしたかったのよ。課長とこうしたかったの」

玲奈がそう言って、自分から腰を前後に打ち振る。

その腰づかいがたまらなかった。

「玲奈、玲奈……おおぅ！」

放ちそうになって、それをこらえた。

ここは、自分は我慢して玲奈に気を遣《や》らせたい。

きゅっとくびれた腰をつかみ寄せて、徐々に強いストロークに切り換えていく。

パチン、パチンと滑稽な音が撥ねて、

「あん、あんっ、あんっ……」

そこに、玲奈の切羽詰まった喘ぎが重なってくる。

深く打ち込むと、奥の扁桃腺《へんとうせん》のようなふくらみがまとわりついてきて、快感が高まる。

ズンッと打ち据えて、引いていくと、カリに粘膜の襞がからみついてきて、それも気持ちいい。

のけぞりながら打ち込んだ。窓から射し込んでくる春の陽光が眩しい。

放ちそうになるのを必死にこらえて、つづけざまに突き刺すと、

「あんっ……あんっ……あんっ……ぁあああ、課長、イキそう。イクわ、イキそうなの……」

玲奈が窓枠をつかんで、顔をのけぞらせる。

「いいぞ。イッていいんだぞ。おおぅ……イケぇ！」

耕一郎が思い切り叩き込むと、

「ぁああ、あああ……イク、イク、イッちゃう……！」

「イキなさい！」

射精を我慢して深いストロークを叩き込んだとき、

「イキます……いやぁあああぁぁぁぁぁ、くっ……！」

玲奈は大きく背中をのけぞらせ、しばらくその姿勢でいた。

それから、エクスタシーの波が訪れたのか、

「あっ……あっ……」

か細い声を絞り出して、ずるずるっとその場に崩れ落ちた。

3

耕一郎は居間の座卓の前に座って、玲奈の話を聞いていた。

玲奈はブラジャーを外して、ブラウスだけを素肌に着ている。しかも、上からボタンが二つ外れているので、はだけた襟元から二つの球体が半分ほどものぞいてしまっている。

その状態で、玲奈は新しい職場の話をする。

耕一郎を部長待遇で迎えようとしている会社はアパレル関係で、全国展開しているＳＴ社だった。同社は、今急速に売上を伸ばしており、耕一郎に担当してほしいことは、インポート部門における業務の円滑化だという。

「ＳＴは輸入にも力を入れているんですが、これまで、多くのトラブルを抱えていて……つまり、その輸入関係の段取り、事務などをするプロフェッショナルがいないんです。高柳さんは、元の会社で、主にインポートものの服を扱っていらっしゃいました。とくに、貿易事務に関しては完璧なプロです。ＳＴ社の求めるものを、高柳さんはすべて持っていらっしゃる。英語もペラペラですし……」

玲奈が身を乗り出してくる。

（なるほど、そういうことか……）

貿易事務は煩雑《はんざつ》な手続きがあって、ちょっとした書類上のミスであっても、そこで流れが止まってしまう。

「高柳さんのことを報告したところ、ＳＴ社はぜひ、高柳さんを部長としてお迎えしたいと……収入もこれまでの一・五倍は払うとおっしゃっています」

玲奈が真っ直ぐに見つめてくる。

自信がありそうな目だ。

それはそうだ。条件としては最高のものだ。しかし……。

「だけど、私はもう六十一歳だぞ。そんなに長くは働けない。それでいいのか？」

もっとも気になっていることを問うた。

「はい……課長がお辞めになる前に、後継者を育ててほしい、とおっしゃっています。たとえば、五年はどうでしょうか？　五年の間に後継者を育てて、自分は勇退をすると……もちろん、退職金は払わせていただきます。お願いします」

玲奈が正座して、額を畳に擦りつけた。

二つボタンの外されたブラウスの襟元から、たわわな乳房とその頂《いただき》の突起がちらりと見える。

（五年か……）

あと五年くらい、残りの力を振り絞ればできそうな気もする。

気持ちも、体も揺らいだ。

だが――。

「申し訳ないが、辞退させていただきたい」

昨日から心に決めていたことをきっぱり言うと、玲奈の顔が引き攣った。

まさか、こんないい条件を事も無げに蹴ってくるとは思っていなかったのだろう。

「なぜですか？」

玲奈が目のなかを覗き込んでくる。

「昨日も言ったと思うが、俺にはもう労働意欲がないんだ。今はもうこの村で、のんびりと余生を送るつもりだよ」

「ここにお試し移住なさっていることはわかっています。試すということは、まだ迷いがあるから、そうなさっているんじゃありませんか？」

「ああ……ここに住んでみて、決めたんだ」

「危険だと思います」

玲奈がいきなり、『危険』という言葉を口にしたので、驚いた。

「危険？」

「はい……出すぎた真似だとは思いましたが、課長のおそらく現在持っていらっしゃるだろう預金と今後の年金。そして、これからの生活費を算出させていただきました……男性の平均寿命は現在、八十一・四歳で、八年連続で過去最高を記録しています。もし、課長がそこまで生きられるとして……」

玲奈はノートパソコンを出して開き、

「課長が必要とするお金はこうなります」

玲奈はパソコンの画面を見せて、指さした。

「……なるほど」

「見ておわかりのように、ぎりぎりの状態です。しかし、これは順調に行ったケースで、当然、歳をとれば、健康面にも問題が出ます。医療費は嵩《かさ》みますし、課長はおひとりですから、将来は介護が必要となります。そうなると……ざっと計算して」

玲奈はパソコンの数字キーを打って、

「ご覧ください。マイナスになっています。つまり、課長が安心できる老後を送るには、今のままではお金が足りないということです。で、ST社で五年働くとすると、ざっとこれだけの収入になります」

玲奈がノートパソコンの画面を向ける。

「これだけあれば、余裕のある老後が送れるということです」

そう言って、玲奈がじっと見つめてくる。

「……だ、大丈夫だよ。俺も落ちついたら、この村で働くから」

耕一郎は言う。

玲奈の指摘は内心危惧《きぐ》していたことで、わからなくもない。しかし、いったんゆるんでしまった気持ちを建て直すのは難しい。

「課長がここに移住すると決められた理由は何ですか？」

玲奈が畳みかけてきた。

「そりゃあ……この村の環境や住人の人柄がいいからだよ」

「ほんとうですか？」

玲奈が眉をひそめた。

「……どういうこと？」

「わたしどもは興信所に対象の調査を依頼しているんです。課長、この村の女性の何人かと寝ていますね」

「えっ……いや、それは……」

耕一郎はしどろもどろになった。どうして、ばれているんだ？　よほど優秀な調査員なのだろう。

「課長がこの村への移住を決めたのは、それが要因ではありませんか？　ここに住んだら、村の女性がやさしくしてくれる、抱かせてくれる……そうですよね？」

玲奈が立ちあがった。

耕一郎の手を引いて、隣室との境の襖《ふすま》を開いた。

畳の寝室には、布団が敷きっぱなしになっている。布団を押し入れにしまうのは、戸村珠江が来たときだけだ。

玲奈は、立っている耕一郎の服を一枚、また一枚と脱がし、布団に横たえた。

それから、スカートを脱ぐ。

上半身にはブラウスだけで、下半身は透過性の強いストッキングとあのオープンクロッチパンティを穿いている。

下から見ると、開いたクロッチから、細長くととのえられた陰毛と赤く濡れた女の粘膜が目に飛び込んでくる。

（マズい。非常にマズい……）

そう思うものの、圧倒されて、たじろぐことしかできない。

「課長にはぜひ、ST社で活躍していただきたいんです。自分の手柄にしたいからじゃないです。課長のことを思うからこそなんです。それをわかっていただきたいんです」

玲奈は柔らかく波打つ髪を色っぽくかきあげ、覆いかぶさってくる。

胸板にキスを浴びせ、下腹部のものを握って、ゆったりとしごく。

「ダメだって……俺はもう決めたんだから……この村に住むって……」

耕一郎はぎりぎりで突っ張る。

「女性の潤いが欲しいんでしょ？　大丈夫ですよ。東京に来ても、わたしがお相手しますから。それに、部長としてご活躍なされば、女性なんかよりどりみどりです。あそこはファッション関係で、美人が多いですから。それも、どん臭い田舎女なんかじゃなくて、都会の洗練されたキャリアウーマン……課長だって、ほんとうはどん臭い田舎女より、垢《あか》抜けした女性がお好きでしょ？」

「いや……そういうわけじゃあ……あっ、こら……ダメだって、もう……くっ！」

耕一郎は呻く。

あっと言う間に、玲奈にイチモツを頬張られたのだ。

耕一郎はさっき射精していない。したがって、ねっとりと舌がからんでくると、愚息が意志とは裏腹に力を漲らせてしまう。

「お元気だわ。これなら、まだビジネスも現役でつづけられますよ」

そう言って、玲奈は亀頭冠の真裏をちろちろと舐めてくる。

「いや……いざ仕事につくと、そのプレッシャーで言うことを聞かなくなってしまうんだ。だから、ここで……」

「それは違うと思います。課長がこれまでストレスのかかる地位にいたからでしょ？だけど、新しい会社のインポート部門は課長がトップですから、好きなようにできる。自由に采配を振るえるはずです。そうなったら、ストレスなんかなくなるんじゃありませんか？」

玲奈が下から大きな目で見あげてくる。

(……確かに、それは言えるかもな)

気持ちが明らかに揺らいだ。

今だとばかりに、玲奈が本格的なフェラチオを開始する。

「んっ、んっ、んっ……」

激しく大きく顔を打ち振って、屹立を攻めたててくる。

「あっ、くっ……おおぅ……！」

玲奈は唇をすべらせながら、皺袋をあやしてくる。

(そうか……俺はこれに弱いんだったな)

三年前も、睾丸を舐められて、昇天しそうになった。あれを、玲奈はいまだに覚えているのだろう。

ぐっと両膝が持ちあげられ、あらわになった睾丸に、玲奈は皺のひとつひとつを伸ばすように舌を走らせる。

それから、片方を頬張ってきた。右側の睾丸を口に含み、なかでくちゅくちゅと揉みほぐし、引っ張るようなこともする。

「あっ……くっ……！」

思わず呻くと、玲奈はちゅぽっと吐き出して、もう一方の睾丸を口腔におさめる。

前はこんなことはできなかった。性的な成長をとげたのだ。

玲奈の舌がさがっていった。

皺袋と肛門の間、蟻の門渡りをちろちろと舐めてくる。

（すごい……！　こんなことまで！）

裏を返せば、それだけ、耕一郎の就職を成功させたいのだろう。

（ここまでしてくれているんだ……受けてもいいんじゃないか？）

耕一郎は昔から、情にほだされるタイプだ。そのために、ビジネスに徹しきれなかった。

村の女性にご奉仕されれば、そちらに気が動く。こうして玲奈に尽くされれば、またこちらにも気が動く。

つくづく自分は意志が弱いのだと痛感する。

4

玲奈は下半身にまたがって、蹲踞《そんきょ》の姿勢で屹立を押し当てた。

ゆっくりと腰を落として、イチモツが蕩《とろ》けた内部をこじ開けていくと、

「ぁああ、いい……！」

玲奈は顔を撥ねあげた。

そのまま上体を後ろに反らせ、足を大きく開いた状態で、腰を揺する。

素晴らしい光景だった。

黒いストッキングに太腿まで包まれたすらりとした足が開き、黒のオープンクロッチパンティの底に、肉の柱が嵌まり込んでいる。

「ぁああ、硬いわ……課長の硬い……ぐりぐりしてくる。ぐりぐりしてくる……ぁあああ、いいのよぉ」

玲奈はきりっとした美貌を紅潮させて、何かに憑《つ》かれたように腰を振る。ぐいと後ろに引いて、そこから、突き出してくる。

そのたびに、翳りの底に、肉の柱が出入りするさまがはっきりと見える。

円熟した腰づかいがたまらなかった。

玲奈は自分を嫌いではない。むしろ、好いてくれている。

(だったら、このまま身を任せてもいいんじゃないか？　玲奈の言うとおりに、部長の座におさまるのも……むしろ、それが自然だろう)

そう考える間も、玲奈の腰は闊達《かったつ》に動いて、耕一郎のイチモツが膣の襞をぐにぐにと擦っているのがわかる。

「ぁあぁ、深い……子宮が悦《よろこ》んでる。ぁあぁ、ぁあああうぅぅ……ダメッ……」

玲奈ががくがくっと震えながら、前に突っ伏してきた。

耕一郎はその胸のなかに潜り込む。

ブラウスの前がはだけて、二つの乳房があらわになっている。それを揉みしだき、片方の乳首にしゃぶりついた。

(確か、玲奈はここもクリと同じで、吸われると感じるんだったな)

耕一郎は乳首を頬張り、チュッーと吸い込む。

「ぁあぁあ……！」

玲奈はのけぞって、がくん、がくんと躍りあがる。

(やはり、変わっていないな)

いったん吐き出して、セピア色の突起を舌で上下左右に撥ね、かるく頬張る。甘噛みするようにして引っ張ると、

「ぁあぁ、それ……やぁあああぁぁぁ」

玲奈は嬌声をあげて、仄《ほの》白い喉元をさらした。

すると、膣がびくびくっと締まって、勃起に吸いついてくる。その吸盤のような吸

いつきが素晴らしい。

耕一郎がもう一方の乳首を舐め転がし、吸う間も、玲奈はもうどうしていいのかわからないといった様子で、艶めかしい声をあげ、膣を締めつけてくる。

自分から突きたくなって、耕一郎は胸から離れて、腰をつかんだ。

ブラウスのめくれた腰を引き寄せて、下から、突きあげてみる。

すると、いきりたちが斜め上方に向かって、膣を擦りあげていき、

「あんっ、あん、あんっ……ぁああ、気持ちいい……」

玲奈がひしとしがみついてくる。

耕一郎はその唇を奪い、腰を撥ねあげる。

玲奈は貪るように唇を重ねながら、

「んっ……んっ……んっ……」

くぐもった声を洩らす。

だが、下から突きあげるのでは、いまいち打ち据えている実感に乏しい。

耕一郎はいったん結合を外すと、玲奈のブラウスを脱がし、仰向けに寝かせ、腰の下に枕を置いた。

玲奈は膣が上つきだから、正常位では腰枕をしたほうが角度がよくなる。

三年前に一度しただけなのに、そこまで覚えている自分を褒めてやりたくなった。

腰枕で持ちあがった足をひろげて、雌花を舐めた。

しとどに濡れた狭間をぬるっ、ぬるっと舐めあげていくと、

「あっ……あっ……ぁあああああ、感じるのぉ」

玲奈が頭上に手を万歳するようにあげた。そうだった。かつて玲奈が気を遣ったときもこのポーズだった。

耕一郎は膝裏をつかんで開かせ、持ちあがった膣めがけて、めいっぱい屹立を打ちおろしていく。

上から差し込みながら、途中からしゃくりあげる。こうすると、先端がGスポットを擦りあげて、気持ちがいいはずだ。

「あんっ……あんっ……あんっ……」

玲奈はもう我を忘れているという様子で、甲高《かんだか》い声を放つ。

乱れた黒髪の上で自ら両手を繋ぎ、顎をせりあげる。

細身の割にはたわわな乳房をぶるん、ぶるるんと縦揺れさせて、玲奈は激しく首を左右に振りながら、高まっていく。

たまらなくなって、耕一郎は手を伸ばして、乳房を揉みしだく。

先のツンと尖った乳房が手のひらのなかでしなり、形を変える。せりだしている乳首をつまんで転がす。

そうしながら、激しく腰を叩きつけると、玲奈の気配がさしせまってきた。

「あん、あん、あんっ……ぁあああ、また、イキそう……自分だけイクのはいや……課長も、課長も来て……ぁああ、欲しい！」

玲奈がとろんとした目で見あげてくる。

いつものきりっとした知的な目が、今は女の情欲に駆られて、潤みきっている。

もう我慢できなかった。

「俺も……いいね。いいんだね？」

「はい……ください。課長が欲しい……ぁああ、欲しい……あんっ、あんっ、あんっ……イキそう。イクわ……」

「そうら、イケよ」

膝裏をつかむ手に自然と力がこもってしまう。

ウエーブヘアを振り乱し、すっきりした眉を八の字に折って、今にも泣きださんばかりの顔で衝撃を受け止める元の部下が愛おしい。

「いくよ。俺も出すよ」

「はい……ぁあああぁ、今よ……一緒に。一緒に……ぁあああぁ、来てぇ！」

玲奈がぐーんとのけぞった。

駄目押しとばかりにもう一太刀《ひとたち》浴びせたとき、耕一郎も放っていた。

狂おしいほどその射精が終わり、耕一郎はがっくりと覆いかぶさっていく。

はあはあというせわしない息づかいがちっともおさまらない。

しばらくすると、玲奈が髪を撫でてきた。

「課長、髪に白いものが随分と増えたわ。変わったのは、それだけ……あとは全然変わらない。よかったわ」

「そうか？」

「ええ……まだまだ仕事できますよ。実感しました。ビジネスで言っているんじゃないですよ」

「ありがとう。元気づけられるよ」

耕一郎は玲奈の髪をかきあげて、ちゅっと額にキスをし、結合を外して、すぐ隣にごろんと横になった。

と、玲奈が胸板に頬擦りして、

「お掃除フェラしますね」

下半身へと顔をおろしていった。

(ダメだ。そんなことされたら、もう「ノー」とは言えなくなる!)

だが、潤沢な唾液の載った舌で、しぼみかけた肉茎をツーッと清められて、

「あああ、くっ……!」

下腹部のものに、また力が漲った。

第五章　ぽつり一軒家の秘密

1

移住期間が終わる一週間前、耕一郎は愛車の助手席に内田清香を乗せて、山道をのぼっていた。

今から、山深いところにある一軒家に住む夫婦に、移住の先輩として話を聞きにいくのだ。

車一台が通るのがやっとの、細いくねった道で、右側は渓谷になっており、ガードレールがないから、運転を誤ったら間違いなく転落する。

「運転が上手ですね」

左側から、清香の声がする。

そちらに顔を向けたいところだが、怖くてできない。ハンドルをしっかりと握り、前を向いたまま言う。

「よく助手席に乗っていられますね？　怖いでしょう？」

「高柳さんの運転を信頼していますから、大丈夫です。それに、こういう道はみなさん注意して走るから、意外と事故は少ないんですよ」

「なるほどね……すれ違うときがたいへんそうだけどね」

「そのときは、どちらかがバックすることになりますが、でも、この先には今からうかがう大和田《おおわだ》さんしか住んでいないので、まず、大丈夫です」

「まさに、『ぽつんと一軒家』ですね」

「そうですね」

清香がふふっと笑った。

「ほんとうはもっと早く、ご紹介したかったんですが、なかなか先方の都合がつかなくて……ご主人は大和田竜吾《りゅうご》さんと言って、有名な建築家なんですよ。この村の古民家の改築もやっていただいていて、高柳さんがご改築されるときも、相談なさったらと……」

「そ、そうですか……それは愉しみです」

耕一郎は答えながら、胸が痛むのを感じた。

ＳＴ社の部長にならないかとスカウトされて、大いに迷っていることを、まだ清香に伝えていなかった。

せっかくよくしてもらっているのに、こういういい話が来ていて、東京で再就職することも考えている、などとは絶対に言えない。

胸の奥に秘密をしまっているのは、苦しい。

いい機会だから、車のなかでとも思うが、今、明らかにして、清香の悩む顔を見たら、動揺して崖に転落しそうだ。

まさか、そんな再就職の話があるとはつゆとも思っていないのだろう。

清香が話しかけてくる。

大和田竜吾はすでに七十二歳で、六年前にこの村に移住してきた。農家を改築して、そこに住まいと事務所をかまえ、三十歳年下の千鶴《ちづる》という奥さんと暮らしているという。

「ほお……奥さまは四十二歳ですか」

「ええ……おきれいな方ですよ。家のことをすべておひとりで切り盛りして、ご主人の面倒も見ていらして、ほんとうに頭がさがります」

「それは素晴らしいですね。建築家と言ったら、けっこう我儘《わがまま》な方が多い。私が東京の家を建てたときの建築家もやたら自己主張が強くて、大変でしたよ」

「……そうでしょうね。でも、小和田さんはほんとうにステキな家を建てられますから。今のうちに知り合いになっておいたほうがいいです」

「ありがとう……そこまで気を使っていただいて」

「……ああ、そこです。今見えてきた坂道を左にあがってください」

ゆるやかな坂道をのぼっていくと、木をふんだんに使って建てられた平屋の家が見えてきた。

母屋《おもや》の囲炉裏を囲んで、耕一郎は清香とともに、大和田竜吾の話を聞いていた。火のおきた囲炉裏には、近くの谷川で取ってきたという岩魚《いわな》が串で刺されて、焼かれている。

竜吾は痩せて、頭髪はロマンスグレーで、独特な雰囲気がただよい、芸術家気質に思えた。

「ばりばりの商社マンだった方が、この田舎で暮らすのは、最初は戸惑うでしょうね。でも、慣れてきたら、ここはとても住みやすい。移住なさったときは、ぜひうちに遊びにいらっしゃい。じつは、うちの家内もここ出身でね。千鶴が故郷に戻りたいと言うから、ここに来たんですよ。千鶴は昔、東京の一流商社でOLをやっていたから、あなたとも話が合うでしょう。千鶴！」

竜吾に呼ばれて、台所にいた千鶴がやってきた。

先ほど挨拶したときから、淑やかできれいな人だと思ったが、割烹着《かっぽうぎ》姿も色っぽかった。

「高柳さんは繊維関係の商社マンだった人だ。いずれ移住なさったときは、お前とも話が合うだろうと思ってね。ここに……」

竜吾に隣に指されて、千鶴は割烹着を脱いで、着物姿で正座した。

地味な小紋《こもん》の着物をつけて、髪を後ろで団子に結いあげている。和服が似合うとはこういう人のことを言うのだろう。

目鼻立ちのくっきりとしたやさしげな美人だが、人見知りなのだろうか、決して耕一郎と目を合わせようとせずに、ずっと伏目がちにしている。

この村の出身とは思えない、上品な色気がある。

「千鶴も東京の人と逢うのはひさしぶりだろう。東京のことでも話していなさい。私はこいつの骨酒をつくるから」

竜吾は焼かれた岩魚をちらりと見て、席を立つ。

耕一郎もここは少しでもお近づきになろうと、どこどこの商社に勤めていてという話をすると、

「わたしもその近くで働いていたんですよ」

千鶴が口角を吊りあげるので、懐かしさも手伝って、話が弾んだ。

伏目がちだった視線が徐々にあがってきて、少し微笑んだだけで、愛嬌がこぼれでる。

「ご主人とはどこで？」

そう訊くと、十年前に会社の主催するパーティで知り合ったのだと言う。

当時、竜吾は妻を亡くして、寂しさを募らせていた。たまたま出逢った千鶴が、亡妻に似ていたらしく、声をかけられた。

千鶴も長年つきあっていた男と別れ、また、OLとしての自分に限界を感じていた。

竜吾には、会社員にはない男っぽさを感じ、結婚を申し込まれて、「故郷に住まわせてもらえるなら」という条件でプロポーズを受けたのだと言う。

「素晴らしい出逢いでしたね」

耕一郎が言うと、隣に座っている清香も大きくうなずく。

はっきりとはわからないが、おそらく、清香は東京で男女関係のもつれがあって、この田舎に逃げてきた。

そういう清香には、二人の出逢いは羨ましくステキなものと感じるのだろう。

と、竜吾が戻ってきた。

手には熱燗《あつかん》と四つの器を持っている。

「あっ、わたしが……」

千鶴が骨酒を作るのを手伝う。

「たいへんありがたいですが、私は運転がありますから」

耕一郎がそれを辞退しようとすると、竜吾が言った。

「雨が降ってきたから、もう帰るのは無理だな。危ない」

「えっ……？」

耕一郎と清香は立ちあがって、廊下のサッシ窓から外を見る。

春の雨が音もなく降っていた。

「天気予報では、これから雨足が強くなるらしい。外も暗くなっているし、車は危ないな」

竜吾が言う。

「……すみません。天気予報では、今夜から雨だったので……どうにか、もつかなと思っていたのですが……すみません」

清香が頭をさげ、

「いや、しょうがないよ」

耕一郎がそれを制する。

竜吾が二人に近づいてきた。

「清香さんも、明日は土曜日で、役場も休みだろう。この雨も明日の午前中にはあがるだろうから、路面の状態を見て、帰ればいい。今夜は泊まっていきなさい。私も酒の相手が欲しい。幸い、うちは部屋が余っている。二人が泊まる部屋はあるから」

竜吾が、耕一郎の肩に手を置いた。

「お気持ちはありがたいのですが……」

清香が口ごもる。

「あんたは役場の仕事で来ているからな。私のほうで役場に連絡を入れて、事情を話しておく。それなら、大丈夫だろう？　そうするしかないだろう？　何か他に方法はあるかな？」

問われて、清香が「ありません」とぽつりと言った。

「じゃあ、決まりだ。さあ、まずは四人で骨酒を呑もうか。高柳さんは呑んだことがあるか？」

「初めてです」

「それはいい。香りと風味がよくて、美味《うま》いぞ」

竜吾はウキウキして言い、

「呑もうか」

耕一郎の肩にふたたび手を置いた。

2

夜、離れの和室で、耕一郎は布団に入っていた。

あれから、竜吾につきあわされて、さんざん酒を呑んだ。

途中で七十二歳という年齢のせいか、竜吾がうとうとしはじめて呑み会が終わり、千鶴に風呂を勧められて、総檜風呂の広い風呂を使わせてもらった。

その後に、この離れを案内された。

耕一郎が寝つかれないのは、襖ひとつ隔てた和室で、清香が寝ているからだ。

清香も勧められるままに風呂に入っていた。

紺のスーツ以外の清香を見るのは初めてで、しかも、浴衣《ゆかた》姿がとても色っぽかったので、その姿がいまだに目に焼きついている。

あらためて、自分は内田清香に惚れているのだ、と痛感した。

十二畳の和室を二つに区切ってあるから、六畳間に布団を敷いて寝ている。

春の雨はいまだに静かに降りつづけていて、清香が寝る姿勢を変えるわずかな音が聞こえる。

まだ、眠ることができないのだろう。

それはそうだ。襖を隔てたところに、耕一郎が横になっているのだから。

そして、耕一郎はずっと悩んでいた。あのことを相談すべきかどうかを。

懊悩《おうのう》して、輾転《てんてん》とした。

実際に面と向かっては、絶対に言えないだろう。話すなら今しかないという結論に達した。

「清香さん、起きていらっしゃいますか？」

静かに声をかけた。

「はい、起きていますよ」

すぐに、答えが返ってきた。

「すみません。俺が隣にいては、眠れないですよね？」

「……いえ、これもわたしの段取りが悪かったからで。かえって、高柳さんには申し訳ないことをしてしまいました」

清香の声がする。

本心から言っているのだろう。この人はどこまでもやさしい。

「こんな形で申し訳ないんですが……じつは、清香さんに話さなければいけないことがあるんです」

「……何でしょうか？」

思い切って、言う。

「三日前に、東京からある会社の方が来まして……スカウト会社って言うか、ヘッドハンティングをやっているところなんですが……」

そこまで言って、言葉を切る。

「……ヘッドハンティングされたんですね？　こういう場合はそうは言わないかもしれませんが……」

「ええ……じつは、その者がかつての部下でして。彼女が元の会社を辞めて、そこで働いていて……」

「ああ、何となくわかりました。差し支えないなら、どういう条件でのお誘いなのか、お聞かせ願えませんか？」

顔を突きあわせているわけではないからはっきりとはわからないが、清香はとても冷静だった。

「……アパレル系の会社で、そこが今、インポート部門に問題があるらしく、私に貿易事務関係をやってくれないかと……一応、部長待遇でということなんです」

ついに、言ってしまった。

言葉を待った。

と、襖が静かに開いた。

浴衣《ゆかた》に半纏《はんてん》をはおった清香が、真剣な顔で立っている。

「少し、よろしいでしょうか？」

「ああ、どうぞ」

そう言って、座布団を勧め、耕一郎は布団の上に座る。

正座はつらいので、胡座《あぐら》をかいた。浴衣の前がはだけて、ブリーフに包まれた股間が見えそうになって、そこを隠す。

正座した清香がまっすぐに耕一郎を見た。

「それで、高柳さんのお気持ちはどうなんでしょうか？」

アーモンド形の目でじっと見つめてくる。

答えを返す前に、耕一郎はその目に射すくめられた。

いつもの穏やかな表情とは違って、その奥に強い憤りを必死に隠そうとしているのがわかる。

（いい目をする。仕事のできる女はいざというときこういう目をする）

おそらく東京にいたときは何か大きな仕事をしていたのだろう。

仕事のできる女が、耕一郎は好きだ。

だが今は個人的感情をあらわにするときではない。

「それが……迷っているんです。その話がくる前までは、ここに移住をするつもりでいました。清香さんにも、他の方にもすごくよくしていただいている。ですが、今は正直なところ、迷っています。清香さんにすぐに相談をと思っていたんですが……」

「……迷っていらっしゃるのなら、この村に移住してください」

清香が近づいてきて、膝に置いている耕一郎の手に、手を重ねてくる。目の前に、思い詰めたようなととのった顔がせまっている。

黒髪が柔らかく肩に散って、竹の模様の浴衣の衿元が少しはだけて、丸々とした乳房の裾野がのぞいている。

しかも、耕一郎の手には、清香の手が重なっている。

しなやかで、温かい手が触れるところが熱くなり、手のひらに一気に汗が滲んできた。

「この前、商社マンとしての生活にはもう耐えられないという話を聞きました。今、うかがったお話がたいへん条件がいいお話であることはわかります。でも、休みたい、ゆっくりしたいというお気持ちを無理やり押し退《の》けて、仕事をなさっても、また、その繰り返しになるんじゃないでしょうか？」

清香が至近距離で見つめてくる。

ドキドキして思考が働かないが、清香の言うことももっともだということはわかる。

「スローライフを送るなら、この村ほど適したところはありません。由佑子さんに農業を教えてもらいながら、のんびりとした生活を送られたらいかがでしょうか？　家のことも、戸村珠江さんがやってくれるはずです」

「それは、そうだが……」

由佑子の奔放な肉体、珠江の積極的なセックスがよみがえってきて、下半身が熱くなった。

「すでにおわかりでしょうが……うちの村は今、男性の流出で困っています。現在、村民の七割が女性で、男性は三割しかいません。それもあって、村では子供がほんのわずかしか生まれていません。村で、子供をあまり見ないでしょ？」

「確かに、あまり見ないですね」

昔二つあった小学校も統廃合されて、今はひとつしかない。しかも、全校合わせて生徒数は十八名しかいないと聞いた。

「ですから、男の人が必要なんです」

「だけど、俺はひとり住まいだし、子供を持つことができないしね」

「……でも、まだまだお元気だと。あっちのほうは現役だと、うかがっています」

清香がちらりと浴衣の股間に視線を落とした。

「……だ、誰から？」

「いろいろな方から……身に覚えはおありかと？」

清香が薄く微笑んだ。

それは、初めて見る清香の艶めかしい顔だった。

やはり、知られている。

耕一郎は、叶子ママと珠江と由佑子を抱いた。もしかしたら、そのことをすべて清香は知っているのではないか？

「みなさん、子種が欲しいんです。由佑子さんだって……」

由佑子の名前を出されて、ああ、そういうことか、と思った。

由佑子は子供が欲しいが、何か原因があって夫との間ではできない。だから、ああやって耕一郎を誘って、中出しを許したのだ。

珠江だってそうかもしれない。

二人目の子供は欲しい。だが、夫は東京に出ていて帰ってこない。たまに帰宅しても、セックスレスだとしよう。

(だから、俺に中出しを許したのか……！)

愕然としながら、呟いていた。

「種馬《たねうま》候補ってこと？」

「……でも、誰でもいいというわけではないんです」

「どういうこと？」

「みなさん、優秀な種が欲しいんです。その点、高柳さんは商社マンをなさっていたとても優秀な方ですし、それに、とてもおやさしいから、みなさん抱かれることにためらいがないんです」

耕一郎は村の真実を聞いて、呆然としてしまった。

移住希望者を引き止めるために、ということはあるだろうと思っていた。しかし、まさか、種馬がわりとは……。

そりゃあ、女を抱けるのはうれしい。しかし、種馬と言われると、さすがに気持ちが引く。

それに……。

「そうじゃないんです！」

清香の顔が引き攣った。

「もちろん、種馬でも、女の人を抱けるのはうれしいです。気持ちも若返ります。でも、それだけではないんです。私が満たされたいのは……その……心なんです」

「心……？」

「……ええ」

「ずっと一緒に生きてくれる女の人が欲しいんです。この村で一緒に生活してくれる女の人が……」

ここまで来たら、気持ちをはっきりと言うしかない。それで、ダメだったら……。

耕一郎は布団の上に正座した。

「清香さん、あなたが好きです。つきあってください」

深々と頭をさげた。

これでは、まるで若者の告白だ。

清香だって、いきなりこんな六十男に、つきあってくださいと言われても、困るだけだろう。わかっている。それでも、今言わなければ、すべてが中途半端になってしまう。

重苦しい沈黙のときが流れた。

「……少し時間をください」

清香の声がする。

(やはりな……時間をくれというのは、今すぐ断るのは酷《こく》だから、ということなのだろう)

おずおずと顔をあげた。

「誤解なさらないでくださいね。わたしも、高柳さんのことは気にかかっていました。じつは、ＯＬ時代に、高柳さんに似た感じの上司がいまして……」

(それがどうしたんだ？)

　耕一郎が身を乗り出したとき、部屋に置いてあった黒電話が鳴った。

　耕一郎も清香もハッと、身体をこわばらせる。

「きっと、大和田さんからだと思います。ここはまだ黒電話を使っていますから。でも、何でしょう？」

「出ますか？」

　清香がうなずいたので、耕一郎は受話器を取る。黒電話などほんとうにひさしぶりだ。受話器の重さが懐かしい。

「はい……」

「た、高柳さまですね」

　聞こえてきたのは、千鶴の声だった。なぜか、声が上擦っている。

「そうですが……」

「夜分、申し訳ありません……主人が、高柳さんにどうしても話したいことがあると……ですので、よろしければ……」

「今でなければダメですか？」

「はい……そう申しております」

「わかりました。うかがいます」

「それでは、母屋の寝室においでください。さっきの囲炉裏の部屋の奥です……」

「わかりました」

耕一郎は受話器を置く。

「何ですか？」

清香が不思議そうに訊いてくる。

「ご主人が私に話があるそうで。今すぐ来てくれと、千鶴さんが……何でしょうかね？」

「……わかりません。でも、よほどのことなんでしょう。どうぞ、お行きになってください」

「でも、清香さんのさっきの話のつづきも気になっていて……」

「あれは、また日にちをあらためてお話しします」

「そうですか……では、さっきの件も？」

「はい、お返事はもう少し待ってください。少しだけ」

清香の言い方で、これは可能性があると感じた。

「では、すみません。行ってきます」

「行ってらっしゃい。わたしはもう寝ますので、おかまいなく」

「わかりました」

耕一郎は立ちあがって、羽織をはおる。

「では、お休みなさい」

清香が言うので、耕一郎は「お休みなさい」と返し、襖を開けて、廊下に出た。

3

(清香さんが言おうとしていたことは何だったのだろう？　自分に似ている上司がどうだったのだろう？)

唯一の救いは、まったく可能性がないというわけではなさそうなことだ。

(だけど、やはりダメだろうな。いきなりあんなことを言った自分が恥ずかしい……)

臍《ほぞ》を嚙むような気持ちで、傘を差して母屋に向かう。

外灯がひとつだけ点《つ》いていて、降りしきる雨と庭をぼんやりと浮かびあがらせている。山のほうは深い闇に沈んでいる。田舎の夜はほんとうに暗い。

(しかし、こんな時間に何を話すのだろう？)

耕一郎は母屋にあがり、囲炉裏のある部屋へと歩いていく。寝室だという部屋との境には、襖がぴっちりと閉められている。

「高柳ですが」

低く声をかける。

「……襖を開けて、入ってきなさい」

竜吾の落ち着いた声がする。

襖を薄く開けた瞬間、目に飛び込んできた光景に唖然とした。

床柱の前に、赤い腰巻きをつけた千鶴がくくりつけられていた。ひとつにくくられた両手を頭上にあげられ、髪をざんばらに乱して、うつむいている。

あらわになった乳房はたわわで、セピア色の乳首が突き出している。赤い腰巻きからこぼれた太腿は真っ白で、恥ずかしそうによじりあわされていた。

その姿を、行灯《あんどん》風の枕明かりが陰影深く照らし、竜吾はこちら側でそれを見ながら、酒を呑んでいる。

(これは……！)

呆然としていると、竜吾が言った。

「あんたのために、酒を用意しておいた。そこに座りなさい」

「はあ、でも……」

「いいんじゃよ。千鶴はこうやって、客の前にさらされて、感じているんだ。こうすると……」

竜吾が手にしている小さな器具の円形スイッチをまわすと、ビィーンという低い音がして、

「くっ……あっ……あっ……許してください。いや、いや……あっ、くっ……」

千鶴が腰をくねらせた。

両手をくくったロープがピーンと張りつめ、赤い腰巻きに包まれた腰が、がくっ、がくんと揺れる。

「千鶴のオマ×コに大型ローターが入っている。このリモコンで遠隔操作できる。あんたもやってみるか？」

「ああ、いえ……」

「そこに座って……遠慮するな。あんた、素直じゃないところがあるな。格好をつけてる場合じゃないぞ。さあ……」

ぎろりとにらまれて、耕一郎は竜吾と同じように胡座をかく。

前には、徳利《とっくり》と杯《さかずき》の載ったお膳が置いてある。

「さあ、呑みなさい」

竜吾がお酌《しやく》してくれるので、耕一郎は頭をさげて受け、杯を傾ける。温燗《ぬるかん》だが、この地酒は美味しい。

「私にはこういう趣味があってね。あんたならわかってくれそうだったから、招待した。いい具合に雨も降ってきて、神様がそうしろとおっしゃってくださったんだよ。千鶴も、あんたを気に入ったようだぞ。あんたには、まだ会社員時代の匂いが残っているからな。そうだな、千鶴。昔を思い出しただろ？　どうなんだ？」

竜吾が手のひらサイズのコントローラーを操作して、ビィーンという振動音が強くなり、

「はい……ぁあああ、やっ……許して。恥ずかしいわ、恥ずかしい……ぁあああうぅう、強くしないでください……あっ、あっ……」

千鶴が眉を八の字に折って、我慢できないとでも言うように腰をがくん、がくんと揺らせる。

「出逢ったときは、千鶴は普通だった。でも、私の趣味を教え込んだら、すぐに応えてきた。だいたい女はほとんどがMだ。それを隠している。どうだね、美しいだろ？」

竜吾は前を見て、うっとりと目を細める。
あらたまって見ると、確かに、千鶴は妖艶美に満ちていた。
両手を頭上でひとつにくくられ、形のいい乳房を剝きだしにされ、赤い裾除けから
のぞく真っ白な太腿をさかんによじっている。
顔の左右に垂れた黒髪はざんばらに乱れ、時々こちらに向けられる目は、羞恥に満
ち、そのどこかとろんとした目が悩ましい。
耕一郎はこれまで女性をくくったこともないし、自分がSだとも思わないが、美し
い熟女が羞恥と快楽に身をよじる姿は、耕一郎の奥底に潜んでいた欲望をかきたてて
くる。
ここが山間にあるぽつんと一軒家で、外には雨が降りしきっているということの状況
が、いっそう拍車をかけているのだろう。
「これを使ってみなさい」
竜吾がコントローラーを手渡してくる。
「よろしいんですか？」
「ああ……千鶴、いいな？」
竜吾に言われて、千鶴が小さくうなずく。

「このスイッチを右にまわせば、振動が強くなり、ここを押せば、振動のリズムが変わる。やってみなさい」

耕一郎がスイッチを右にまわすと、振動音が明らかに大きくなり、

「ぁああ、ダメっ……いけません。いけませ……あっ、あっ……」

千鶴が髪を振り乱して、腰をがくっ、がくんと震わせる。

「いい眺めだろ？」

「はい……」

何が何だかわからないうちに、引きずり込まれた感じだ。だが、自分のなかにはこういう性癖もあるのだろう。

千鶴には申し訳ないが、知らないうちに昂奮してしまっている。

下のボタンを押してみた。すると、振動のリズムが変わったのだろう。

「くっ……あんん、ぁあうぅ……」

千鶴が顔を撥ねあげた。

「どうだ？　今、どんな感じで振動している。教えてくれ」

「……ツッ、ツツ、ツーッ……ツッ、ツツ、ツーッ……ぁああぁ、変わった、ズッ、ズッ、ズッ……ズッ、ズッ、ズッ……」

千鶴が忠実に振動を再現する。

「お前の好きなおチンチンを打ち込まれてるようだろ？　答えなさい」

「はい、はい……」

「今、千鶴は何が欲しい。言いなさい」

千鶴が言い澱《よど》んで、ちらりと竜吾を見た。

「言いなさい！」

「ああ、おチンチンです。あなたのおチンチンが欲しい！」

そのものずばりの名称を口にして、千鶴はいやいやでもするように、激しく首を左右に振った。

「多情だな。こんなきれいな顔をしているのに、一皮剝けば、インラン女だ」

竜吾はツッと立ちあがり、千鶴に近づいていく。

浴衣に羽織をはおっている。不思議なことに、呑んでいたときに感じた老いが今は消えて、痩身に力が漲っている。

大和田竜吾という建築家は、千鶴から精力を得ているのだと思った。

耕一郎もこの村の女たちによって若返っているから、納得できた。

竜吾は、千鶴を床柱から解放して、畳に敷いてあった布団に這わせた。

真っ白なシーツに、赤い腰巻きをまとわりつかせた千鶴が四つん這いになっている。両方の手首を腰ひもでひとつにくくられているので、いっそう悩ましい。

竜吾が腰巻きをまくりあげた。

ぷりっとした白い尻が現れ、

「あっ……！」

千鶴が尻たぶをぎゅっと引き締めた。

「もっと、ケツをあげなさい」

尻が持ちあがってくる。

竜吾は後ろに這うようにして、尻たぶの底を舐めはじめた。

千鶴の尻がこちらを向いているので、竜吾の舌がおびただしい蜜にまみれた花肉をツーッ、ツーッと這いあがっていくのが見え、

「ああああ、ぁあああああ……！」

千鶴が聞いているほうがおかしくなるような声をあげて、ぐぐっと尻を突き出す。

「気持ちいいか？」

「はい……気持ちいい……へんになるわ」

「だったら、もっとへんになれ……高柳さん、こっちに」

竜吾に呼ばれ、耕一郎も立ちあがって、近づいていく。

「千鶴にしゃぶってもらいなさい」

「あっ、いえ……」

「遠慮するな。あんたのそこが、浴衣の前を押しあげているじゃないか。さっきも言っただろ？　高柳さんは素直じゃないな。こういうときは、自分の欲望に忠実になりなさい。そうしないと、こっちが白《しら》ける」

「……すみません。なかなか素直になれなくて……では、お言葉に甘えさせていただきます」

耕一郎は千鶴の前に片膝を突いて、浴衣の前を割った。

自分でもびっくりするほどにそそりたっている硬直が、行灯風の枕明かりに浮かびあがっている。

開いたエラが茜《あかね》色にてかついていて、それを目にした千鶴がハッと息を呑んで、目をそらした。それを見た竜吾が言った。

「立派なものをお持ちだ。じつは、私は愚息がままならんのだ。しょうがないので、千鶴にはバイブで我慢してもらっている。今、千鶴が目を見張ったのは、あんたの立派なものを見て、子宮が疼《うず》いたんだ。そうだな、千鶴？　正直に答えなさい」

「……はい。疼きました」

「あれが欲しいか？」

「……いえ、竜吾さんのものでないと」

「そう思えるのも、今のうちだな。ほら、高柳さんのチンポをしゃぶりなさい」

「でも……」

「いいんだ。私が許可をしているんだ。やりなさい」

それでも、千鶴はためらっていたが、やがて、心を決めたのか、おずおずとイチモツに舌を這わせる。

ひとつにくくられた両手で身体を支えながら、耕一郎のイチモツをねろり、ねろりと舐めてくる。

(ああ、これは……！)

耕一郎はからみついてくる舌の感触に酔いしれる。

さっきまで、夫のものでないといやだと言っていたのに、いざとなると、情感たっぷりに舌をつかう。

ひさしぶりの勃起した男のシンボルを目にして、千鶴も欲望を抑えられないのだ。

さっきまでは、貞淑《ていしゅく》な妻の鑑《かがみ》のようだったのに……。

女はわからない。いや、たぶん、もっとシンプルだ。千鶴は愛する男に従うことに、女の悦びを感じているだけなのだ。

裏筋を舐めていた千鶴に向かって、竜吾が言った。

「睾丸を舐めなさい……」

千鶴は一瞬、動きを止めてためらった。

「やるんだ！」

竜吾に叱咤されて、覚悟を決めたのか、千鶴がひとつになった両手を曲げ、顔を横向けて、下から皺袋を舐めあげてくる。

「おっ、くっ……」

ぞくぞくっとした戦慄が走り抜けていく。

(信じられない……こんなきれいな人妻が、夫の前で俺の睾丸を！)

ふと前を見ると、竜吾はぎらぎらした目を向けて、股間のものを自分で握りしごいている。

(そうか……男も歳をとると、嫉妬に突き動かされないと、あそこがギンとならないんだな……)

這いつくばって、睾丸を舐めていた千鶴が、ツッーと舌を這わせて、いきりたちを頬張ってきた。

ふっくらとした小さめの唇をかぶせて、ずりゅっ、ずりゅっとしごいてくる。

「ぁあああ……」

吐き出して、艶めかしい声を洩らし、また裏筋を舐めてくる。

よく動く舌をちろちろっと亀頭冠の真裏に走らせながら、顔を横にして、耕一郎を見あげてくる。

目尻のすっと切れあがった目が、涙を浮かべたように潤みきって、ぼうとしている。

その男にすがるような、依存するような目がたまらなかった。

「高柳さん、イラマチオしてやってくれ。わかるな、強制フェラチオは？」

「はい……」

「千鶴はイラマチオされるのが大好きなんだ。燃えるらしいぞ。やりなさい。大丈夫だから、私は気にするな」

うなずいて、耕一郎は赤い唇がいきりたつものでOの字に形を変えるのを見ながら、腰を打ち振る。

血管の浮き出た唾液まみれの肉の柱が、ずりゅっ、ずりゅっと千鶴の唇を犯し、千鶴は苦しいのか、眉根を寄せている。

それでも、決していやがらずに、むしろ、自分から頬張りつづけてくれている。

品のある美女が、つらそうに顔をゆがめて、自分のイチモツを頬張りつづけている。

その美人を犯しているような快感が、ひろがってきた。

(そうか……俺にもこんなところがあったんだな)

耕一郎は徐々にストロークのピッチをあげていく。

「んんっ……んんんっ……んんんんっ……！」

千鶴はくぐもった声を洩らしながら、顔を斜めに向けた。

(ああ、これは……！)

俗に言うハミガキフェラで、亀頭部が頬の内側を擦り、千鶴の繊細な頬がいびつにふくらんでいる。

リスの頬袋のような不自然なふくらみが、耕一郎が腰を振るたびに移動しながら、ますます大きくふくらむ。

耕一郎は感動さえ覚えた。

と、千鶴が「んんっ、んんんっ……」と逼迫した声を洩らして、腰を前後に揺すった。

見ると、竜吾が後ろにしゃがんで、クンニをしていた。

赤い腰巻きがまとわりつく尻たぶをつかんでひろげ、女の花園を懸命に舐めている。

千鶴がちゅるっと吐き出して、

「ぁあああ、いいの……気持ちいい……竜吾さん、欲しい！」

尻をもどかしそうに揺すりあげた。

「ふふっ、勃《た》ってきたぞ」

竜吾が顔をあげて、下腹部のイチモツを握りしごく。

赤銅色の太い肉柱が、ぐんと頭を擡《もた》げていた。

「入れるぞ。入れてやる！」

「ぁああ、欲しい！」

千鶴がくなっと腰をよじった。

竜吾は膣のなかから、紫色の卵形のローターを取り出して、横に置いた。

ビーッ、ビーッ、ビーッといまだにローターは震えつづけている。

竜吾がいかめしい太棹を押しつけて、ぐいと女体に腰を入れた。イチモツがめり込んだのだろう。

「ぁああああ……！」

千鶴はさしせまった声をあげて、のけぞり返る。

「おおぅ、たまらん……ぐいぐい締めつけてくるぞ。ひさしぶりだからな。千鶴もうれしいだろ？」

「はい……はい……ぁああ、太い。大きい……くっ、くっ……苦しい！」

千鶴が眉を八の字にして、顔を撥ねあげる。

「たまらん！　千鶴のここはたまらん！　おおぅ、吸いついてくる。オマ×コがうごめきながら、吸いついてくるぞ」

竜吾も顔をしかめながら、さかんに腰をつかう。

ほっそりしたウエストをつかみ寄せて、下半身を大きく叩きつけている。

「あん、あん、あんっ……ぁああ、竜吾さん、すごい、すごい……！」

千鶴がひとつにくくられた手指で、耕一郎にしがみついてくる。

「何をしてる？　高柳さんのチンポを咥えてやれ」

竜吾に命令されて、千鶴が耕一郎の怒張にしゃぶりついてきた。

千鶴は後ろから激しく突かれて、身体を前後に揺らし、その勢いでイチモツに唇をすべらせる。

「高柳さん、気持ちいいか？」

「はい……」

「そうか……イラマチオしてやれ。千鶴は俺のをしゃぶりながら、オマ×コにバイブを咥え込んで気を遣るのが好きだ。そうだな、千鶴！」

千鶴はいったん吐き出して、

「はい……ぁあああ、恥ずかしい……いじめないでください」

「ふふっ、いじめられたいくせに、心にもないことを……そうら、いくぞ。高柳さんも……」

耕一郎はいきりたちを咥えさせて、腰をつかう。

「んっ、んっ、んっ……」

千鶴は後ろから膣を、前から口腔を突かれて、くぐもった声を洩らしながら、されるがままに身体を揺らしている。

「ふふっ、そろそろ気を遣りそうだな。膣の締め具合でわかる。そうら、イッていいぞ。二つのチンポを咥え込んで、イケ。お前はそういう女だ。お淑やかな顔をしているが、ほんとうはインランマゾだ」

竜吾が、尻をつかみ寄せて、パチン、パチンと音がするほど強く、下腹部を叩きつける。

すると、千鶴の身体が痙攣をはじめた。

「イクぞ。高柳さん、今だ。喉まで届かせてやれ！」

竜吾に言われて、イチモツをぐっと奥まで突き入れたとき、

「うぐっ……！」

千鶴が凄絶に呻いて、耕一郎のイチモツを吐き出した。そのまま大きく背中を反らせて、がくん、がくんと躍りあがった。

4

ぐったりと布団に伏せっている千鶴を見て、竜吾が言った。

「高柳さん、いいぞ、嵌めてやってくれ！」

「はっ……！」

「あんた、まだ出してないだろ？　私はさすがに疲れた……」

「いや、でも……」

「いいから。千鶴はまだ物足りないらしいぞ。四十路《よそじ》を迎えた頃、女はいちばん性欲が強くなる。まだ、したいだろ？　どうだ、千鶴？」

竜吾にあらわな乳房をつかまれ、尖っている乳首を転がされて、

「あっ……くぅぅ」

千鶴が顎をせりあげた。

「そうら……乳首だってこんなにカチカチだ」

竜吾は手首の縛《いまし》めをほどき、顔の横に座って、だらんとした肉茎を握らせる。

「しごきなさい。嵌められている間も、握りつづけるんだぞ」

千鶴がうなずいた。

「あんた、早くしろ！」

こういうとき、竜吾は怖い顔になる。

「したくないのか？」

「いえ、もちろん、したいです」

「じゃあ、しろ」

耕一郎もしたくてたまらなかった。千鶴に覆いかぶさっていき、乳房を揉みしだきつつ、乳首を吸った。

しこりきっている硬い突起を舌であやし、たわわな乳房を揉んでいると、

「ああ、あうぅ……これが欲しい」

千鶴が足で耕一郎のイチモツに触れてきた。

器用に親指と人差し指で肉茎を挟み、しこしこと擦ってくる。

（おおぅ、たまらん！）

耕一郎は上体を立て、膝をすくいあげた。

真っ白な太腿がM字に開き、その奥で、無毛の恥丘が青い剃《そ》り跡を残して、なだらかな丘陵を見せている。

大人の女でパイパンなど、初めてだった。

隠す繊毛がないぶん、大人の女性器がはっきりと見えて、とてもそそられる。

小さめの肉びらは向かって左のほうが大きく、内側はきれいなピンクだが、その縁は蘇芳《すおう》色に色づいており、底には白濁した愛液が溜まっていた。

いきりたつものを押しつけて、ゆっくりと腰を進めていく。切っ先が窮屈な滾《たぎ》りを押し広げていって、

「ああうぅぅ……！」

千鶴が顎をせりあげた。

真っ白な喉元がさらされるのを見ながら、打ち込んでいく。

「あんっ、あんっ、あんっ……」

千鶴は艶めかしい声をスタッカートさせながら、自由になった手指で、夫のイチモ

ツを握りしめていた。

「いい声で鳴いて……ほんとうに、千鶴はインランだな。いつも、欲しくてたまらないんだろう？　私のもの以外でも、愉しめるんだな。そうだろ？」

「ち、違うわ……今、あなたのものを握っているから」

「上手いことを言う。ほんとうは、硬いチンポなら誰のものだっていいくせに……そうら、高柳さん、イカせてやってくれ。こいつが、誰のチンポでもイクところを証明してやってくれ」

竜吾が耕一郎を見た。

細い目がまたギラつきを取り戻していた。竜吾は千鶴を貶《おとし》めるようなことを言って、自分でも昂《たかぶ》っているようだった。

そう言われると、耕一郎も千鶴をイカせたくなった。

千鶴が夫の目の前で、夫を裏切って昇りつめていくところを見たくなった。

途端に、イチモツに力が漲り、それがギンとなるのがわかる。おそらく、長さも硬さも増している。そして、怒張するほどに、男は気持ち良くなる。

膝裏をつかみ、足をひろげて押しつけ、ぐいぐいと差し込んでいく。

「あっ……あっ……あっ……ぁああ、あなた、いいの。千鶴、すごく感じてる！」

千鶴がイチモツを握りしごきながら、竜吾を見た。

「そうだろ？　そういう女なんだ。いやらしい身体なんだ。お前の淫らな肉体がお前の意志を裏切っていく。なんて、多情な身体だ」

ぎらぎらした目を向けて、竜吾が猛《たけ》りたつ肉柱を千鶴の口腔に押し込んだ。

横を向いて、夫のギンとしたものを頬張りながら、千鶴が高まっていくのがわかった。

竜吾が吼《ほ》えながら、イチモツを妻の口に打ち込んでいる。

そして、千鶴は頬を凹《へこ》ませて吸い込みながら、片方の手でシーツを鷲づかみにしていた。

（イキそうなんだな。イカせてやる。イカせて……おお、たまらん！）

耕一郎は左右の膝裏をがしっとつかみ、力の限り、怒張を女壺に叩きつけた。

「んっ……んっ……んんんんっ！」

千鶴はイラマチオされながらも、さしせまった声を洩らし、シーツを皺が寄るほど握りしめている。

散った黒髪、縦に揺れるたわわな乳房……陰毛の剃られた青白い恥丘が、イチモツの抜き差しにつれて盛りあがっているのが、はっきりとわかる。

一気に快感が噴きあげてきた。

「ぁああ、出そうだ」

耕一郎が訴えると、

「いいぞ。千鶴に中出ししてやってくれ」

竜吾が言う。

「千鶴も子供が欲しいんだ。だが、私では無理だ。この村の女はみんな孕《はら》みたがっている。理由はわかるな？　村の人口を増やしたいからだ。この村では、子供を生むと手厚い養育資金が出る。だから、子供を育てるにはこの村は絶好の場所なんだ。高柳さん、千鶴に精子をくれてやってくれ」

（なるほど、だからみんな子供を欲しがるのだな）

だが、実際のところ、そんな理由などどうでもよかった。ただただ、このまま中出ししたい。

思い切り打ち据えると、

「んっ……んっ……んんんんっ……」

千鶴が夫のイチモツを頬張ったまま、ぐんとのけぞった。

（イクんだな……！）

耕一郎がつづけざまに深いところに突き入れたとき、

「やぁあああ……イクぅ！」

千鶴は肉棹を吐き出して、のけぞり、がくん、がくんと躍りあがった。

(今だ……！)

駄目押しとばかりにもうひと突きしたとき、耕一郎も熱い男液をしぶかせていた。

第六章　移住か東京か

1

いよいよ明日で、お試し期間が終わるその前日、耕一郎は愛車の助手席に、清香を乗せていた。

もし耕一郎が働きたくなった場合に備えて、清香が「収入は多くはないですが」と、農協関係の事務の仕事を紹介してくれて、その帰りだった。

清香はほんとうによくやってくれている。その期待には応えたいとは思うのだが……。

「あの……移住のほうはどうなされますか？」

助手席から、清香がおずおずと訊いてくる。

いつものように紺色のスーツを着ていたが、今日は暖かいせいか、上着を脱いで、白いブラウス姿だ。珍しく、スリットの入ったタイトな膝上のスカートを穿いているので、助手席に座っていても、かわいらしい膝小僧とむちっとした太腿がのぞいている。

耕一郎はあらかじめ決めていたことを、思い切って訊く。

「その前に……先日の件はどうでしょうか？　つきあっていただけるんでしょうか？」

「わたしが断ったら、どうなさいますか？」

「……すみません。そのときは、ヘッドハンティングされたあの会社で働こうと思います」

言うと、清香がきゅっと唇を嚙んだ。

「自分でも卑劣なやり方だと思います。ですが、それが本心で、心の真実なんです。清香さんは心のオアシスなんです。村の他の方にもやさしくしていただきました。ここに移るつもりでした……しかし、部長待遇の話を持ってこられて……そうなると、どうしても……私も老後の財産をもう少し増やしておきたいんです」

「そのお気持ちはわかります。でも、うちの村ほど第二の人生を送るのに、最適な場所はありませんよ」

「わかります。ですから、清香さんがOKしていただければ……」

そう言ったとき、清香の右手がすっと耕一郎の太腿に伸びてきた。

「えっ……？」

「前を見て、運転してください……」

耕一郎は太腿に温かな手を感じながら、交通量のほとんどない村道を家に向かってゆっくりと車を走らせる。

「あの雨の夜、以前勤めていた会社の上司が、高柳さんに似ていると、言いましたね」

清香が前を向いて言う。依然として、右手は太腿に置かれている。

「ええ……覚えています。その上司と何かあったんですね？」

清香はうなずいて、言った。

「わたしが東京から逃げだしたのも、そのせいなんですよ」

ぽつりぽつりとその経緯を話しだした。

清香は大学を卒業して、物流関係の会社に就職した。

セクハラ、パワハラの激しい会社で、清香は随分といじめられた。それを助け、護《まも》ってくれたのが、直属の上司である笠原《かさはら》という課長だった。

自分を護ってくれる笠原に、清香は惹かれていった。

最初は上司として尊敬していた。その感情がいつの間にか、男と女の感情に変わって、気づいたときは自分ではどうにもならなかったのだという。

「笠原さんには妻子がいらっしゃいました。不倫でした。愛してはいけない相手だとわかっていたんです。でも、抑えられなかった……」

清香が助手席で、うつむいて、「うっ、うっ」と嗚咽《おえつ》しはじめたので、可哀相になって、耕一郎は左手をスカートの上に乗せた。

「たいへんだったね……」

「……いえ、わたしが悪いんです」

清香が涙を拭いて、つづけた。

「残業をしていたとき、課長もつきあってくれて……その夜、わたしたちは結ばれました。それから、もうどうにも自分をコントロールできなくなってしまって……」

そういうタイプなのだと思った。

逢ったときから、清香の純粋さと一生懸命さに胸打たれながらも、どこか、危ういところがあると感じていた。

生真面目で自分に素直だから、いったん恋に落ちてしまうと、脇目もふらずに一途になってしまうのだ。

「そういうところのある人だと思っていました」

耕一郎は清香の手をぎゅっと握る。

「一年後に、不倫がばれてしまって……わたし、奥さまにも子供さんにも申し訳なくて……もう会社にもいられなくなって、逃げだして、ここに来ました」

そう話す間も、清香は耕一郎の手をいやがってはいないようだった。心なしか、清香の手にじっとりと汗が滲んできたように感じる。

「ですから、もう男の人は愛さないようにしようと……でも、移住希望者として、高柳さんがいらして。初めてお逢いしたときから、ドキッとしました。あまりにも笠原さんに似ていらしたので」

(そうか……それであのとき……)

耕一郎は思いついたことを口にした。

「それで……炬燵で寝ていたとき、きみは私を慈しむような目で見ていたんだね」

清香がはにかんで、

「すみません。寝顔を眺めていたら、笠原さんのことを思い出してしまって……昔の男と似ていると言われてもいやですよね……」

「どうして？　いやなわけがない。むしろ、うれしいよ。それだけ自分を好きになってもらえる確率が高いわけだから。いいんだよ、その彼をダブらせてても」

「……怖いんです」

「何が？」

「……わかりません。とにかく怖いんです」

「今日の仕事はこれで終わり？」

「はい……」

「じゃあ、家に来てくれるか？」

「でも……」

「とにかく、来てほしい」

耕一郎はアクセルを踏み込んで、交通量の少ない村道を家へと急いだ。

2

古民家をリフォームした家の居間に、清香が座っている。その前に、耕一郎は正座

し、

「事情を聞かせてもらって、これならと思った。私とつきあってください。お願いします」

思い切り頭をさげた。

「……そんな、やめてください。頭をあげてください」

「いやだ。あなたにOKをもらうまでは、頭をさげつづける」

耕一郎は頑なに額を畳に擦りつける。

「……でも、高柳さんに惹かれているのか、笠原さんのことを忘れられないのか……自分でもはっきりしないんです。それでは、かえって高柳さんを苦しめることになります」

「それでも、かまわない」

「えっ……？」

「それでもいいと言っているんだ」

耕一郎は顔をあげて、きっぱりと言う。

「笠原さんの代わりでもいいと言っているんだ。それほど、あなたが好きだ。自分でも六十を超えたオッサンが、あなたのように若くてステキな人とは釣り合わないことはわかっています。あなただって、三十歳も年上の男は困るでしょう。だけど、もし少しでも私に好意を感じてくれているなら、つきあってほしい。お願いします」

耕一郎はふたたび頭をさげる。

清香がすっと近づいてくる気配があった。

ハッとして顔をあげると、耕一郎は清香の胸のなかにいた。

白いブラウスを持ちあげたたわわな胸が顔に当たり、その弾力を感じる。

「わかりました。でも、誤解なさらないでください。わたしは、高柳さんに移住してほしいから、こうするわけではないです。そう思われるのはいやです」

「も、もちろん……そんなふうには思っていない。さっきは悪かったね。妙な交換条件を出してしまって。あれは忘れてください」

「……そうします」

清香は耕一郎を抱きしめたままだ。

たわわな胸のふくらみがせわしない呼吸で弾んで、ウエーブヘアの柔らかな毛先を感じる。

股間のものが、一気に力を漲らせて、それが耕一郎の背中を押した。

唇を奪った。

ぽっちりとした唇を感じながら、ブラウスの背中を抱き寄せると、

「んんっ……」

清香はくぐもった声を洩らしながら、耕一郎の背中を撫でさすってくる。

いったん心を許すと、こらえていたものが一気にあふれてしまうのだろう。清香は情熱的に唇を合わせたまま、ぎゅっと耕一郎にしがみついている。

耕一郎は清香を立たせて、寝室へと連れていく。

高さのあるガランとした寝室には敷きっぱなしの布団が一組置いてある。

そこに、静かに清香を倒していく。

仰向けになった清香を、上から見る。

すでに日は暮れて、高い天井からさげられた明かりが灯《とも》っていた。

真っ白なシーツの上で、スカートから出た太腿をよじり合わせた清香は柔らかなウエーブヘアを扇《おうぎ》のように散らし、ぱっちりとした目で耕一郎を見あげてくる。

その不安と期待の入り交じったような表情が、たまらなかった。

さらさらの髪を撫で、キスをする。

赤い小さな唇にちゅっ、ちゅっと接吻し、重ねていく。

すると、清香は自分から手を伸ばして、耕一郎を抱き寄せ、背中から尻へと撫でて

くる。

わずかに開いた唇の隙間から舌を忍ばせて求めると、清香もおずおずと舌をからめてくる。そのつるっとした小さな舌の感触が、耕一郎をかきたてた。

キスをしながら、胸をつかんだ。

ブラウス越しにたわわなふくらみを揉むと、ブラジャーの柔らかな感触とともにそこが弾んで、

「んんんっ……んんんっ……」

清香はくぐもった声を洩らし、ぎゅっと耕一郎を抱き寄せる。

耕一郎は唇を奪いながら、手さぐりでブラウスの胸ボタンを外していく。ひとつ、またひとつと外し、はだけた襟元からのぞく純白の刺しゅう付きブラジャーに顔を埋めた。

「あああぁぁ……！」

清香が顔をのけぞらせる。

（これだ。俺はこれを求めていた。田舎暮らしとか、部長待遇で働くとか、そういう問題じゃないんだ。俺はずっとこの人を……！）

清香の胸の谷間からは甘酸っぱい女の香りがする。

左右の丸みの真ん中にキスを浴びせ、一対の乳房をブラジャー越しに揉みしだいた。

「ぁあぁぁぁ……んっ、んっ……わたし、面倒な女ですよ。それでも、いいんですか？」

清香が下から大きな目を向けてくる。

いつもは知的な目が涙ぐんでいるように濡れて、それが、耕一郎に決意を固めさせた。

「もちろん。私は清香さんより、随分と長く生きている。だから、きみのこともだいたいわかっているつもりだ。それに……むしろ、面倒をかけてほしいんだよ。きみの不安もわかる。だが、心配しないでいい。清香さんを絶対に裏切らない。それに、私には妻はいない。ひとりで、寂しかったんだ」

じっと見ると、清香がぎゅっとしがみついてきた。

ふたたび唇を合わせる。

そのキスが徐々に激しいものになって、清香の舌が情熱的にからんでくる。

なめらかな舌に舌をからめ、手をおろしていく。

スカートの張りつく腰を撫で、太腿を経由して、スカートをまくりあげながら、その奥へと右手をすべらせた。

「んっ……！」

唇を重ねたまま、清香が左右の太腿をぎゅうとよじり合わせる。

肌色のパンティストッキングに包まれた、豊かな太腿のこわばりを感じる。片側の内腿をなぞりながら、キスをつづけるうちに、身体から力が抜けて、太腿の緊張が取れた。

ゆるんだ太腿をさすりつづけると、

「んんっ……んんっ……ぁああうぅぅ」

清香はキスをしていられなくなったのか、唇を離して、顔をそむけた。

耕一郎は右手を太腿の奥へとすべり込ませる。

指先を下にして、股間をやさしく押し包んだ。それから、ゆっくりと撫でさする。

パンティストッキングの張りつく恥丘とその下の本体に指を走らせると、わずかな凹みが柔らかく沈み込んでいき、

「あっ……あっ……」

清香は声を洩らしながらも、いやいやをするように激しく顔を左右に振った。

戦っているのだと思った。

過去の男との許されない情交が、いまだ清香の記憶に残っていて、セックスするこ

とに怖さがあるのだろう。

「大丈夫だよ。絶対に清香さんを裏切らない。いいんだ。身を任せても……いや、身を任せてほしい。言っていることはわかるね？」

「……はい」

清香が力強くうなずいた。

耕一郎がブラカップを押しあげると、充実した乳房がこぼれでた。

やはり、乳房は大きい。少なく見積もっても、Dカップはあるだろう。

おまけに、上側の直線的な斜面を下側のたわわなふくらみが押しあげた、男をそそる形をしていた。

この村の女たちとは違って、肌が抜けるように白いのだが、とくに、乳肌は青い血管が透けでるほどに薄く張りつめていて、頂上より少し上にある乳首も乳輪もびっくりするほどのピンクだ。

（きれいだ……！）

形のいい乳房にしゃぶりついた。

左右の乳房を揉みながら、片方の乳首を舐める。透きとおるようなピンクの突起を舌でゆっくりと上下になぞり、激しく左右に撥ねると、清香の様子が変わった。

「あんっ……ぁあああうぅ……ぅううぅ」

顎をせりあげ、口許に手をやって、こぼれでてしまう声を必死に押し殺している。

その仕草がたまらなかった。

かるく吸いあげると、

「あうぅぅ……！」

清香はいっそう顔をのけぞらせる。

小さかった乳首が一気にしこって、円柱のようにせりだしてきた。その硬くなった突起を舌で転がし、吸う。

「あっ……あうぅぅ……いや、恥ずかしぃ……」

見ると、下腹部がせりあがっていた。

スカートのめくれあがった太腿の付け根を突きあげるようにして持ちあげ、せがむように上下させる。

(欲しがっている。清香さんが欲しがっている！)

身体の底に眠る女の欲望を、これまでは必死に押し隠してきたのだろう。

「うれしいよ。恥ずかしがらなくていい。包み隠さず、すべてを見せてほしい。わかるね？」

清香が見あげ、とろんとした目を向けてうなずく。

もっと、気持ち良くなってもらおうと、耕一郎は腰の動きを見ながら、反対側の乳首も攻める。

しゃぶりついて舐め転がしながら、もう片方の突起を指で捏ね、たわわなふくらみを揉みしだく。

しっとりと汗ばんだ肉層は柔らかく、指にまとわりついてくる。乳首はすでにカチカチで、その落差が、清香という女を表しているように思えた。

その乳首に丹念に舌を這わせると、

「ぁああ、くうぅ……ぁあああ、あうぅぅ」

清香は手の甲を口に当てて、声を抑える。それでも、スカートがまとわりつく下腹部の窪みが、ここに刺激が欲しいとでも言うように持ちあがる。

耕一郎は乳首にキスをしながら、右手をおろし、スカートのなかへ差し込んだ。

パンティストッキングの上部から、パンティのなかへと手をすべり込ませると、

「あっ……いやっ！」

清香が腰を引いて、指の侵入を拒んだ。

猫の毛のように柔らかな繊毛はすでに、じっとりとした湿気を帯びていて、さらに

手を押し込むと、ぐちゅっとそこがほどけて、

「あうぅ……！」

清香が大きくのけぞった。

感じる。指先に、ぬるっとした女の園を。

「すごく、濡れているね」

「ぁあぁ、いや……」

清香がぎゅうと太腿をよじりたてた。

「うれしいんだ。きみがこんなに濡らしてくれて……」

恥じらう清香を見ながら、乳首を舐め、湿原をまさぐった。

「ぁあぁあ、ぁあぁあぁ……くっ！」

顎をいっそうせりあげて、清香がびくんと身体を震わせた。

耕一郎の指が上方の肉芽に触れたのだ。

おびただしい蜜を塗り込むように、小さな突起を捏ねると、そこが一気にふくらんでくるのがわかる。

硬くなった突起を指先でくるくるとまわし、下からノックするようにかるく叩く。

「あっ……あっ……ぁあぁ、いやぁあぁ……いや、いや……ぁあぁうぅ！」

清香が眉根を寄せて、苦しそうな顔をした。

「きついの？」

心配になって訊いた。

清香がそれは違うとでも言うように、首を左右に振る。

「じゃあ、感じるんだね？　感じすぎて、つらいんだね？」

「はい……」

清香がそれを認めた。

耕一郎は下半身のほうにまわり、スカートに手をかけて、脱がす。

抜き取ると、肌色のパンティストッキングからパンティの白さが透けでていた。

「あの……シャワーを使わせてください」

清香が膝を曲げて、訴えてくる。

「あとでね。今はあなたと一刻も早く、繋がりたいんだ。ほら、ここが……」

耕一郎はズボンとブリーフをおろし、蹴飛ばした。

白髪混じりの陰毛から、肉の柱がギンと頭を擡げていた。血管が浮き出た褐色のイチモツが、自分でもびっくりするほどの角度でいきりたっている。

それを見た清香が、ハッと息を呑むのがわかった。

視線を落とし、おずおずといきりたちを見て、また目を伏せる。

「触ってみる？」

訊くと、清香は首を左右に振った。だが、その様子から推して、じつはギンとしたものに興味を惹かれているのではないか、という気がした。

清香に上体を起こさせ、その前に立った。清香の手を導くと、おずおずと触れてくる。

「元気いっぱいだ。きみを前にすると、いつもこうなってしまう。六十歳を超えているのにね」

「今の男の方は、還暦を超えてもお元気な方が多いです。でも、高柳さんは飛び抜けてすごい。まったく、年齢を感じません」

清香が力を漲らせている男の器官を握りながら、見あげてくる。

「ありがとう。清香さんが駆りたててくれるんだ。きみほど、美人で頭が良くて、色っぽい女性はいないよ」

臆面もなく褒めると、清香は含羞《がんしゅう》の色を浮かべた。それから、ほっそりとした指をおずおずと亀頭部やカリにからみつかせ、

「どうしたら、いいですか？」

見あげてくる。柔らかなウエーブヘアが顔の両側に散って、瞳が明らかに潤んでいる。

「できれば……その……口で……いや、いやならいいんだ」

言ってしまって、嫌われたかなとも思った。

清香はためらっている。顔を寄せては、ぎゅっと唇を嚙む。それを数回繰り返してから、裏筋を舐めあげてきた。

顔を横にして、ツーッ、ツーッと舌を走らせ、また顔を伏せる。

「気持ちいいよ。すごく……」

励ましの意味も込めて言う。と、それで吹っ切れたのか、清香はさらに裏筋に沿って舌を這わせ、亀頭冠の真裏にちゅっ、ちゅっと接吻する。

柔らかな唇がそこに触れただけで、イチモツがびくん、びくんと撥ねた。

すると、清香はびっくりしたように耕一郎を見あげ、今度は亀頭にキスをする。

鈴口に窄めた唇を押しつけ、尿道口を舐めた。

それから、その下にある裏筋の発着点にも、舌を走らせる。ちろちろと舌であやしながら、ちらりと見あげてきた。

「そこ、すごく気持ちいいよ。上手だね」

目を合わせて言う。

清香ははにかんで、目を伏せる。そうしながらも、気持ちいいと言われた包皮小帯を一生懸命に舐めてくれる。ちゅっとキスをして、亀頭冠に沿ってぐるっと舌をまわした。

そして、また真裏の包皮小帯を集中的に攻めてくる。

「気持ちいい……たまらない」

心からの声だった。

すると、もっと気持ち良くなってほしいと思ったのだろう、清香が肉茎を握って、しごきはじめた。

しなやかな五本の指を、いきりたちにからみつかせて、根元から亀頭部にかけてゆっくりと擦りながら、鈴口や尿道口に舌を這わせつづける。

羽化登仙《うかとうせん》の気持ちになった。

そろそろ、本体まで咥えてほしいと思ったとき、その気持ちを汲んだかのように、清香が上から唇をかぶせてきた。

両手で腰をつかみ、口だけで頬張ってくる。

ふっくらとして形のいい唇が勃起にまとわりつきながら、すべり動いていく。

下半身はパンティストッキングに包まれて、白いパンティが透けだしていた。白いブラウスは脱げかけていて、刺しゅう付きの白いブラカップがあがり、見事な乳房がのぞいている。

そして、清香はひとときも休むことなく、リズミカルに顔を打ち振っている。

その一途さが、耕一郎の胸と下半身を打った。

(俺はついに、思いつづけてきた清香さんと……!)

夢のようだ。夢なら、絶対に醒《さ》めないでほしい。

気持ち良すぎた。柔らか唇が勃起しきった表面をなぞり、リズミカルにすべり動くと、そこが充実しながら蕩けていくような快感がふくれあがってきた。

清香はいったん吐き出して、指をからませて根元を握りしごいた。それから、頬張ってくる。

しなやかな指でぐっと包皮を押しさげられ、張りつめた亀頭冠を唇でしごかれると、身も心も蕩けていくような陶酔感が込みあげてくる。

もう、挿入したくてたまらない。

3

清香のブラウスとブラジャーを脱がし、布団に寝かせた。

パンティストッキングとパンティにも手をかけて、引きおろす。足先から抜き取ると、恥ずかしいとばかりに清香が膝を曲げた。

その膝を開かせて、太腿の奥に顔を寄せると、

「ぁああ、ダメッ……」

清香が内股になって、腰を逃がそうとする。

洗っていない女の秘所を舐められるのが、よほどいやなのだろう。

「大丈夫。清香さんのここはきれいだ。あなたと繋がりたいんだ」

そう訴えて、強引に膝を開かせる。

漆黒の細長い翳《かげ》りが、ビロードのような美しい光沢を放ち、その下で左右対象の小ぶりの花肉がうっすらと粘膜をのぞかせていた。

顔を寄せて、舐めた。ぬるっと舌が狭間を這っていき、

「ぁあんっ……！」

清香がかわいく喘いだ。

つづけて舌を走らせるうちに、肉びらが徐々にひろがって、内部の濃いピンクがのぞけた。そこは、蜜と唾液で妖《あや》しいほどにぬめ光り、その潤みきったピンクの肉襞の連《つら》なりが耕一郎をかきたてる。

「ダメっ……ダメ、ダメ……」

そう激しく首を左右に振っていた清香が、

「ぁあああうぅ……！」

と、顔をのけぞらせた。耕一郎の舌が、上方の肉芽をとらえたのだ。

(そうか……清香さんもここが弱いんだな)

指を添えて、包皮を剝き、こぼれでた鴇《とき》色の陰核を丹念に舐めた。舌でなぞりあげ、転がし、かるく吸った。

「あうぅぅ……くっ、くっ……ぁあうぅぅ！」

清香が曲げていた足をピーンと伸ばした。感じると、足が伸びてしまうタイプなのだろう。

耕一郎が陰核を舐めたり、吸ったりを繰り返していると、清香は足を一直線に伸ばして、下腹部をせりあげる。

「気持ちいいんだね？」

「……はい、はい……」

「いいよ、もっと感じて。感じてほしい……」

耕一郎は陰核を舌であやし、さらに狭間の粘膜から膣口へと舌を走らせる。

酸味が強い膣口にべっとりと舌を張りつかせると、恥丘がせりあがってきた。

「ぁああ、あうぅ……！」

右手の甲を口に添えながら、清香はもう自分では制御できないのか、ぐいぐいと下腹部を持ちあげる。

「欲しいんだね？」

口を陰部に接したまま訊いた。

「……はい、高柳さんが欲しい！　ぁああ、いやっ！」

清香が赤くなった顔を両手で覆った。

ポーズではない。心から恥ずかしがっているのだ。

こういう女を求めていた。

耕一郎は顔をあげて、清香の膝をすくいあげる。

翳りの底を切っ先でさぐり、濡れて沈み込んでいく箇所に押しこんでいく。とても

窮屈な入口を押し広げていく確かな感触があって、

「あうぅ……！」

清香が顎をせりあげた。

「おおぅ、くっ……！」

と、耕一郎も奥歯を食いしばらなければいけなかった。

それほどに、分身を包み込む膣は締まりがよく、きゅう、きゅううっと硬直を奥へと手繰《たぐ》りよせようとする。

（すごい……締まりがいいのに、なかが柔らかい！）

しばらく、動くことができなかった。

膝裏を放して、覆いかぶさっていく。

肩口から手をまわして引き寄せると、さらに挿入が深くなって、

「ああうぅぅ……！」

清香が顔を大きくのけぞらせた。

（二人は今、ひとつになっている！）

肌と肌が重なっている。

形のいい大きな乳房の汗ばんだ柔らかさを感じる。

イチモツは清香の下腹部にすっぽりと嵌まり込み、隙間なく埋めつくされた膣肉がうごめきながら、まったりとからみついてくる。

あまり体重をかけないように肘と膝で支えながら、ゆっくりと抜き差しをする。

上を向いたいきりたちが膣の天井を擦りあげていき、

「あっ……あっ……ぁあああ、高柳さん！」

清香がぎゅっとしがみついてきた。

耕一郎の肩に口を押しつけるようにして、抱きつき、

「うっ……うっ……」

と、声を押し殺す。

（あの清香さんが、今、自分の腹の下でイチモツを受け入れて、しがみついている！）

耕一郎は至福に満たされる。

上から見ると、清香がキスをせがんできた。耕一郎も唇を重ねていく。

ちゅっ、ちゅっとついばむように唇を合わせ、可憐な花のような唇に舌を這わせる。

すると、清香は喘ぐような吐息とともに唇を少し開き、耕一郎の舌に舌を押しつける。その戯《たわむ》れるような舌づかいが、愛らしかった。

ちろっ、ねろりっと舌先がからみ、それをしばらく繰り返していると、

「ぁあああぅぅ……！」

もう我慢できないとでもいうように、清香が自分から唇を押しつけてきた。

二人の舌がからみあい、清香はそれが刺激となったのか、耕一郎を抱き寄せながら下腹部をせりあげてくる。

その「動いて」とねだるような卑猥な腰の動きがたまらなかった。

唇を重ね、舌をからめながら、腰をつかった。

ゆっくりと腰を波打たせると、静かに抽送される肉棹に膣粘膜がざわめきながらからみついてきて、耕一郎も一気に快感が高まる。

唇を重ね、舌をしゃぶりながら、抜き差しをしていると、清香がキスしていられなくなったのか、顔をのけぞらせて、

「ぁあああああ……」

あえかな喘ぎを長く伸ばす。

ほっそりした顎が突きあがり、仄白い喉元がさらされる。

苦しそうに眉根を寄せているが、これは、感じすぎてつらいからだろう。

その泣き顔が、清香にはよく似合った。

清香は男の本能をかきたてずにはおかない女だった。もっと、彼女を感じさせせたくなる。もういいと言うまで、よがらせたくなる。

還暦を越えている耕一郎でさえも、そういう気持ちになる。

不倫をした課長も、きっとこんな気分になって、逃れられなかったのだろう。自分も同じ道をたどるのかもしれない。

（それで、いい……）

この田舎で、清香とともに歩むことができれば、それが自分にとっての第二の人生なのかもしれない。

耕一郎は背中を曲げて、乳房にしゃぶりついた。

たわわな乳房を揉みあげながら、突起を舐める。

透きとおるようなピンクにぬめる乳首はカチカチで、その円柱形にせりだした突起を口に含んだ。チューーッと吸いあげると、

「あああうぅぅ……！」

清香は大きくのけぞり、こぼれでた喘ぎを恥じるように手の甲を口に添える。

唾液でぬめる乳首を舌で上下に舐め、左右に転がす。

「ぁああ、感じます……くぅぅ！」

清香が自分の人差し指を噛んだ。

膣がきゅ、きゅっと収縮して、耕一郎のイチモツを揉みしめてくる。

「お、くっ……！」

耕一郎は奥歯を食いしばって、こらえる。

(そうか……乳首を愛撫すると、膣もそれに反応するんだな)

もっと味わいたくなって、乳首を吸うと、

「ぁあああぁぁ……！」

清香はのけぞりながら、腰を浮かした。

すると、膣肉がまた強く締まって、イチモツが内側へと吸い込まれる。

「ああおぉぉ……！」

耕一郎は吼えていた。

(六十過ぎの自分が、まさか獣《けもの》のように吼えてしまうとは……)

暴発しそうになるのを必死にこらえ、のけぞりながら、乳房を揉みしだいた。揉むというより、たわわなふくらみにしがみついている感じだ。

必死に我慢して、快感をぶつけるように荒々しく乳房を揉み込んだ。柔らかな肉層がたわみながら、まとわりついてきて、

「あっ……あうぅ、もう許して……ぁああうぅ！」

清香がのけぞりながら、身悶えをする。

と、また膣の粘膜がうごめくように波打って、耕一郎は吼える。

このままでは、射精してしまう。

まだ、早い。

耕一郎は上体を起こして、清香の片方の足をつかんで、持ちあげる。

すらりとしているが、太腿はむっちりとして、ふくら脛も美しい。

とくに、五本の足指は親指から小指へとバランスよく配置されていて、透きとおったピンクの爪が、貝殻の内側、つまり螺鈿《らでん》のような見事な光沢を放っていた。

持ちあげられた足は、足裏をこちらに向けている。

耕一郎は小さな足の裏を、踵《かかと》から土踏まずへと舐めあげていく。

「ああ、いやです……！」

清香が足を引こうとする。

だが、耕一郎のイチモツはいまだ清香の体内に突き刺さっている。

逃げようとする足をつかみ寄せて、アーチ状の土踏まずから、足指の裏へと舌を走らせる。

「い、いや……汚い！」

清香は足裏をぐっと曲げて、舌から逃れようとする。

その内側に曲がった親指を頬張った。

フェラチオでもするように、なかで舌をからませると、

「いやぁあああ……！」

清香が親指をさらに曲げようとする。

いったん吐き出して、腰をつかった。

帆掛け舟の体位で、右足を真っ直ぐに持ちあげられた清香は、

「あっ……あっ……」

打ち込みの衝撃そのままに、声を洩らす。

少し半身になっていて、たわわな乳房がぶるるん、ぶるるんと揺れている。

耕一郎は右足を踏み込んで、清香の左足をまたいだ。

この体位は挿入が深くなる。片方の足を胸に抱えるようにして、ずりゅっ、ずりゅっと打ち込んでいく。

「あん、あん、あんっ……」

さらさらのウエーブヘアを散らして、清香はさしせまった声をあげる。

半身になって、貫かれている清香のその姿が、美しく悩ましい。

亀頭部が深いところへと届いていて、耕一郎も高まる。

このままでは、我慢できなくなる。

もっと、清香の身体を感じたい。感じさせたい。

耕一郎は持ちあげた足裏と甲をつかむと、ぐいと近づけて、親指を舐めた。

裏側を舐めあげていき、そのまま頬張った。

女性の足指は男と違って、繊細で美しい。

フェラチオをするように顔を振り、なかで舌をからませる。吐き出して、親指から他の指へと舌を走らせると、清香の気配が変わった。

「ぁあああ、ぁああああ……」

陶酔しているような声をあげて、顎をせりあげる。

恥ずかしいのか、右手で顔を隠していた。

ちろちろっと足指を舐めると、また、膣が収縮して、イチモツを締めつけてくる。

ふと見ると、清香の下半身がもっと深くちょうだい、とでも言うように、上下に揺れていた。

足を舐められて、「ぁああ、あああ」と声を洩らしながら、下腹部を静かに持ちあげる。

そのたびに、勃起がいっそう深くおさまり、同時に、膣肉がぎゅ、ぎゅっと締まってくる。

虹色に光る爪を鑑賞し、粒揃いの愛らしい足指の間にも舌を走らせる。奥のほうのうっすらと伸びた水掻きを舌先でちろちろすると、

「ぁああんん……くすぐったい」

清香が悩ましく身をよじる。

そのたびに、膣肉が震えながら締めつけてくる。

耕一郎はよがらせたくなって、腰をつかう。ぐいっ、ぐいっと下腹部を鋭く突き出すと、

「あんっ……あんっ……」

清香が愛らしく喘いだ。

親指を頰張りながら、さらに、とろりとした蜜道を勃起で擦りあげてみる。

「ぁあああ、へんになる。高柳さん、わたし、へんになってしまう……恥ずかしいわ。恥ずかしい……ぁあうぅぅ」

清香が細めた目を向けて言い、悩ましく喘ぐ。

耕一郎は足を放し、清香を横向きに寝かせた。

見事な裸身を腰からくの字に折らせ、突き出している尻の底の熱い滾りを静かに突く。

耕一郎は上体を立てている。

こうすると、尻が邪魔にならず、分身が根元まで嵌まり込んでいるのがわかる。

腰をつかんで、くいっ、くいっと屹立を沈み込ませていくと、

「あん……あんっ……もう、ダメ……お腹が突きあげられてる。苦しい……あんっ、あんっ、あんっ……」

清香が甲高い喘ぎをスタッカートさせる。

完全に横を向いているので、美しい横顔に流れるようなウエーブヘアがかかり、髪が乱れついているさまが悩ましい。

形のいい乳房を横から見る形になり、突くたびに横乳がぶるん、ぶるんと揺れる。

「気持ちいい？」

「……はい。気持ちいい……こんなの初めて……押しあげてくる。奥がぐっ、ぐっと……ぁあああ、許して……」

清香が見あげてくる。乱れ髪からのぞく目が、涙ぐんだように潤んで、そのすがり

つくような目がたまらなかった。

「俺みたいなやつにできるか、どうかわからないが……清香さんを自分の色に染めたい。きみのなかから、過去の男を追い出したいんだ。いやか？」

訊くと、清香は顔を激しく左右に振って、

「いやじゃないわ……高柳さんの色に染めてほしい。高柳さんの女にして……」

じっと見あげてくる。

これ以上の至福があるとは思えなかった。

「うれしいよ……こんなオジサンだけど、あなたのために全力を尽くすよ。だから、もっと俺を……」

「はい……ぁあああうぅぅ」

清香が顔をのけぞらせた。膣肉がいきりたちをくいっ、くいっと奥へと引きずり込もうとする。

もっと感じさせたかった。

下腹部で繋がったまま、清香を腹這いにさせる。

清香はうつ伏せになりながらも、結合は決して外そうとはせずに、ずっと尻を突き出している。その尻をつかみ寄せると、

「ぁあああ……！」

清香は両手と両膝を布団に突き、背中をしならせた。

さっきから長時間、繋がったままだ。

清香を前にすると、イチモツは力を漲らせたままで、いっこうに小さくなる気配がない。

白い陶磁器のようにすべすべの尻は細いウエストから急激にふくらんでいて、左右の尻たぶの底に、肉の柱がおさまっているのが見える。

思わず尻たぶをつかんで、左右にひろげていた。

「ぁああ、いや……」

アヌスを見られているのに気づいたのか、清香がそこを手で隠そうとする。その手を外して、さらに尻たぶをひろげると、セピア色の可憐な窄まりもわずかに開いて、内部のピンクをのぞかせる。

（清香さんのような女でも、排泄の穴があるんだな。しかも、きれいだ。この人はオマ×コもアヌスもすべてがきれいで、穢《けが》れがない）

見とれていると、その視線を感じたのか、恥ずかしくてたまらないといった様子でアヌスがひくひくっと締まる。

それを、高い天井の梁《はり》に吊られた明かりが浮かびあがらせている。

この村に正式に移住する際には、新しく購入した家に住むことになる。したがって、この古民家で清香を抱くのもこれが最初で最後になる。

じっくりと味わって、この景色や清香の肌をしっかりと頭に刻みつけておきたい。

ゆっくりと腰をつかった。

なめらかで、しなった背中とぐんと持ちあがった丸々とした臀部――。

ヒップを両手でつかみ寄せて、徐々にストロークのピッチをあげていく。まったりとした粘膜がからみつきながらうごめいて、

「あんっ……あんっ……あんっ……」

清香は心から感じているという声をあげて、シーツを鷲づかみにする。

しんとした寝室に、清香の喘ぎ声だけが響く。

「はっ、はっ、はっ……！」

耕一郎も声を出して、下腹部のイチモツを叩きつける。

「あっ、あっ……ぁあああぁぁ、高柳さん、わたし、もう……」

清香が言う。

「どうした？」

「もう、その……」

「イキそうなんだね？」

「はい……」

「いいよ、イッて……」

そう言って、耕一郎は打ち込みを強くする。

陰茎が濡れたオマ×コをうがつ、ぐちゅ、ぐちゅと卑猥な音がして、清香は衝撃で身体を前後に揺らしながら、高まっていく。

「気持ちいい？」

「はい……気持ちいい……ぁあああ、ぁああああ、熱いの。あそこが燃える……ぁあああ、来ます……来る！」

「いいよ、イッて……そうら」

うねりあがる快感をこらえて、打ち込みつづける。

「あんっ、あんっ……あんっ……ぁああ、イキます……」

清香がシーツを鷲づかみにして、さしせまった声を放った。

「そうら……！」

耕一郎が奥へと深いストロークを浴びせたとき、

「イ、イキます……ぁあああああっ……くっ！」

清香がグーンと背中をのけぞらせ、がくん、がくんと躍りあがりながら、どっと前に突っ伏していく。

耕一郎はまだ放っていない。

分身が、愛する女の体内をもっと味わいたくて、必死に射精をこらえているのだろう。

蜜にまみれたイチモツがいまだに、おそろしい角度でそそりたっている。

4

耕一郎は布団に仰向けに寝ていた。

そして、その下腹部に清香が顔を寄せている。

信じられなかった。

あの清香がいったん自分の体内におさまった耕一郎の肉柱を丁寧に、舐め清めてくれているのだ。

耕一郎は頭の下に枕を置き、顔をあげて足のほうを見る。

清香は枝垂れ落ちた黒髪をかきあげながら、ツーッと裏筋を舐めあげ、そのまま頬張ってきた。

ぐちゅ、ぐちゅと唾音を立てて、亀頭部に唇をかぶせ、すべらせる。

吐き出して、顔を横にし、裏筋をツーッと舐めあげてくる。そうしながら、耕一郎のほうを見て、見られていると知って、はにかむ。

目を伏せながら、ちゅっ、ちゅっと側面にキスを浴びせ、また上から唇をかぶせる。

「清香さん、上になってくれないか？」

言うと、清香は目でうなずいて、肉棹を吐き出した。

恥ずかしそうに足をM字に開き、唾液まみれのイチモツを導く。

漆黒の翳りの底はいまだおびただしく濡れており、その源泉を押しつけながら、ゆっくりと沈み込んできた。

いきりたつものが熱い滾りを押し広げていき、

「あうぅぅ……！」

清香は上体を垂直に立てて、顔を撥ねあげる。

「くっ……！」

と、耕一郎も唸っていた。

お掃除フェラをされてすぐに結合を果たしたせいか、快感が大きい。

しかも、清香の膣はうごめきながら、からみついてくる。

清香が腰を振りはじめた。

ぺたんと両膝を突いて、腰を前後に揺らせる。

すると、包み込まれたイチモツが揉み抜かれ、ぐんと快感が高まった。

「ああ、気持ちいいよ」

伝えると、清香はうれしそう微笑んで、自ら膝を立てた。

耕一郎の下腹部にM字開脚でまたがり、後ろにのけぞった。両手を後ろに突いて、腰をしゃくりあげる。

信じられなかった。

あの清香が、今、女の欲望をあらわにして、自分の上になり、腰を振りあげているのだ。

翳りの底に、自分のイチモツが見える。

ふっくらとした肉びらのなかに深々と嵌まり込んだ肉の柱が、清香が腰をつかうたびに、出たり、入ったりする。

清香が腰を前に突き出すと、肉柱がすっぽりと埋まり、後ろに引くと、半分ほど顔をのぞかせる。

「よく見えるよ。よく見える」

思わず言うと、

「恥ずかしいわ……見ないでください。ぁあああ、止まらないの。腰が止まらない……ぁあああああ」

喘ぐように言って、清香は腰を振り立てる。

そのすべてを振り捨てたような淫らな腰づかいが、耕一郎をかきたてた。

自分も動きたくなって、耕一郎は下から腰を撥ねあげてやる。

M字開脚した清香の翳りの底に、イチモツがずぶずぶと嵌まり込んでいき、

「あんっ……あんっ……ぁああぁぁぁ、ダメっ……恥ずかしい。また、イッてしまう！」

清香がさしせまった声をあげる。

「いいんだよ。イッて……そうら」

老体に鞭《むち》打って、つづけざまに突きあげたとき、

「あんっ、あんっ、あんっ……くっ！」

清香はがくがくと震えながら、耕一郎に向かって倒れ込んできた。

汗ばんだ肢体をがっちりと受け止め、繋がったまま耕一郎は上になる。

下になった清香を抱きしめて、腰をつかう。

「ああ、すごい……ぁあああ、あんっ、あんっ……」

清香は足をM字にひろげて、イチモツを深いところに導き、ぎゅっとしがみついてくる。

肩口から差し込んだ手で、清香をぐいと抱き寄せながら腰をつかうと、耕一郎も一気に押しあげられる。

清香のイクときの顔を見たくなった。同時に、もっと深く貫きたくなって、上体をあげた。

膝裏をつかんで、膝を開かせ、腰を浮かすようにして、体重をかけた一撃を叩き込む。やはり、清香も奥が感じるのだろう。

「あん、あん、あんんっ……」

後ろ手に枕をつかみ、腋《わき》の下をあらわにして、のけぞり、その顔を左右に打ち振る。

たわわな乳房がぶるん、ぶるるんと縦に揺れて、ピンクの乳首も縦に動く。

大きくのけぞった繊細な首すじ、今にも泣き出さんばかりに眉を八の字に折って、鯉《こい》が口をぱくぱくさせているときのような表情をみせる。

すでに二度も気を遣っているのだ。

清香はもう我を忘れた状態だろう。そうしたのは、自分なのだ。

耕一郎がこれほどまで清香を追いつめているのだ。

自分に自信が持てた。

(俺はこの田舎で、清香と二人で暮らす。それが俺の第二の人生なんだ)

ぐいぐいとえぐり込んだ。

「あんっ、あんっ、あんっ……ぁああ、恥ずかしい……また、また、イクぅ……！」

「そうら、俺も出すぞ」

「ぁああ、ください……あん、あんっ、あんっ……イク、イク、イッちゃう……やぁあああああああああああああぁぁぁ！」

清香がのけぞりかえった。

膣が締まり、裸身が躍りあがる。

駄目押しとばかりに押し込んだとき、耕一郎も至福に押しあげられた。

熱い男液が駆けあがってきて、それが鈴口を割って、しぶく。

「あああおぉぉ……！」

吼えながら、放っていた。

目が眩《くら》むような強烈な射精感が全身を貫き、耕一郎はぐいと下腹部を擦りつける。なかで粘膜がざわめき、精液を搾り取るかのようにうごめいている。

その熱い蜜壺のなかに、耕一郎は男の証を放っている。

いまだかつて経験したことのない会心の射精だった。精液ばかりか、魂までもが流れ出ていくようだ。

いったん止《や》んだ放出がまたはじまり、そして、完全に止んだときには、すべてのエネルギーを吸い尽くされたようで、がっくりと女体に覆いかぶさっていった。

*

一年後、耕一郎は新居の家庭菜園で、ナスの苗を植えていた。

これで、夏には美味しいナスが収穫できるだろう。他に胡瓜《うり》やトマトも植えてある。

手を止めて、後ろの家を振り返る。

売りに出ていた古民家を安く購入して、大幅に手を入れた。広い平屋で、建坪も庭も充分にある。とくに日当たりが良く、縁側で日向ぼっこをするのが好きだった。

植えつけを終えて、家に入っていくと、キッチンで清香が夕食の準備をしていた。

「終わったんですか？」

清香が振り向いて、笑顔を見せる。

花柄のエプロンをつけた清香は、いつものごとく清楚で愛らしい。

「ああ、終わったよ」

「お疲れさまです。ご飯、すぐにできますからね」

清香が言って、「わかった」と耕一郎は、ダイニングテーブルに腰をおろす。

一年前、お試し移住期間を終えた耕一郎は、この村に移住することを決め、清香とともに新居をさがした。

二人で見つけて、二人で考えてリフォームした家だった。

新居が完成して、清香の両親のもとに、『娘さんと結婚させてください』と頭をさげに行った。

両親は、娘が六十歳過ぎの、しかも無職の男と結婚することに、猛烈に反対した。

それはそうだろう。もし自分が清香の父親だったら、この結婚には絶対に反対する。父親にしたら、新郎はほぼ自分と同じ年齢なのだから。

耕一郎は両親を説得するためにも、村で働き口をさがした。

村の役場の産業振興課が人材を求めており、耕一郎はこれまでの商社マンとしての実績を買われて、役場に嘱託《しょくたく》として雇われた。

清香と同じ役場で、気恥ずかしい気持ちもあったが、

『耕一郎さんなら、最適です。今、うちの村は産業がなくて困っているんです。耕一郎さんの力を貸してください。わたしは大賛成です』

そう清香に言われて、耕一郎は即断した。

その後、両親には役場に就職したことを告げ、リフォームした新居を見せて、一晩泊まってもらった。

翌日、清香とともに頭をさげると、両親も結婚を認めてくれた。

籍を入れて、ささやかな挙式を開いた。

招待客には、耕一郎がこれまで村でお世話になった小菅由佑子とその夫、大和田竜吾夫妻に、家政婦の戸村珠江、スナックのママの叶子もいて、さすがに耕一郎も肝《きも》を冷やした。

だが、彼女らは耕一郎との情事をおくびにも出さず、二人の結婚を祝福してくれた。

新居に二人で住み、耕一郎が役場で働きはじめてひと月が経過し、耕一郎もこの暮らしに慣れてきた。

料理の仕上げをしている清香は、スカートを穿いて、エプロンの紐を後ろできゅっ

と結んで、新妻のエロスをむんむんとさせている。

我慢できなくなって、耕一郎は席を立ち、キッチンに向かう。

そして、後ろから抱きしめると、

「ダメ……危ないから」

清香がやさしく諫《いさ》めてくる。

「わかっている。だけど、我慢できないんだ。清香のこのお尻を見ているだけで、むらむらしてしまう」

スカートの張りつく豊かなヒップを撫でる。

このところ、毎日、清香の瑞々しい肉体を貪っている。

「ダメ……それはまた後で……」

「わかっている。だけど、ほら……こんなになってしまった」

清香の手をつかんで、ズボンの股間に押し当てた。すると、そこが力を漲らせているのを感じたのだろう。

「もう……お口だけですからね」

かわいく口を尖らせて、清香がガスを止め、前にしゃがんだ。

ベルトのバックルをかちゃかちゃ言わせて外し、ズボンとブリーフを膝まで押しさげる。

転げ出てきたものは、自分でも驚くような角度でいきりたっていた。

清香が亀頭部にちゅっ、ちゅっとキスをして、裏筋を舐めあげてくる。また舌をおろしていき、今度は皺袋にまで舌を這わせる。

睾丸を舐めながら、右手で握った本体をぎゅっ、ぎゅっと握りしごく。

「ああ、気持ちいいよ……気持ち良すぎる……」

思わず言うと、清香が見あげて、にこっとする。

白髪まじりの陰毛ごと皺袋を舌であやしながらも、勃起をぎゅっ、ぎゅっと握りしごいてくる。

清香がセックスに情熱的なのは最初だけかと思っていた。だが、違った。

清香も三十路《みそじ》にさしかかり、女盛りを迎えたのだろう。

閨《ねや》の床では、耕一郎の想像をかるがると越えていく。性の悦びを存分に享受し、耕一郎の愛撫に応え、身悶えて、何度も昇りつめる。

今も、なめらかな舌が這いあがり、亀頭部を頬張ってくる。

不思議なことに、耕一郎のイチモツはこの歳になって、大きくなったような気がする。成長するはずがないから、おそらく、勃起力が増しているのだろう。

今も、なめらかな舌と唇がカリを這うと、信じられないような快美感がひろがってくる。

きっと自分は我慢できなくなって、このまま、エプロン姿の清香を後ろから貫くだろう。そして、今夜の閨でも……。

（このまま、清香に精力を吸い取られて、ぽっくりイッてしまうんじゃないか？）

だが、耕一郎はそれでもいいと思う。

この田舎で、清香の上で腰を振りながら、果てることができれば、それが最高の人生の終わらせ方だ。

「おおぅ、清香さん……！」

清香の後頭部をつかみ寄せて、イラマチオをする。

ジュブッ、ジュブッと卑猥な音とともに、肉柱が清香の小さな口を犯していく。

（気持ち良すぎる……！）

開けられたキッチンの窓の向こうに、夜空にきらめいている満天の星が見えた。


（了）

＊本作品はフィクションです。作品内の人名、地名、団体名等は実在のものとは関係ありません。

長編小説
おためし村《むら》の誘女《ゆうじょ》たち
霧原一輝《きりはらかずき》
2021年3月8日　初版第一刷発行

ブックデザイン…………………… 橋元浩明(sowhat.Inc.)

発行人……………………………………………後藤明信
発行所…………………………………株式会社竹書房
〒102-0072　東京都千代田区飯田橋2－7－3
電話　03-3264-1576（代表）
03-3234-6301（編集）
http://www.takeshobo.co.jp
印刷・製本………………………中央精版印刷株式会社

ISBN978-4-8019-2563-2　C0193